BIBLIOTHÈQUE DE LA JEUNESSE

CINQ SEMAINES EN AÉROPLANE

PAR H. DE GORSSE

Bibliothèque des Ecoles et des Familles

1re SÉRIE
Format grand in-8 (28 × 18)

Chaque volume :
broché . . . . **10 fr.**
relié tranches jaunes, tête dorée . . . . **15 fr.**

About (E.) : **L'homme à l'oreille cassée.**
Le roman d'un brave homme.

Avezan (D') : **Enfant d'adoption.**

Beecker Stowe : **La case de l'oncle Tom.**

Cervantes Saavedra : **Don Quichotte de la Manche.**

Charlieu (H. de) : **Mademoiselle Olulu.**
Le dernier des Castel-Magnac.
Le Fils du Naufragé.

Cim (Alb.) : **Grand'mère et petit-fils.**

Géniaux (Charles) : **Petit poète et grand roi.**

Jeanroy (B.-A.) : **L'Enfant de Saint-Marc.**

Maël (P.) : **Robinson et Robinsonne.**
Le trésor de Madeleine.
Un mousse de Surcouf.
Lance et Quenouille.
Les deux tigresses.
Terre de fauves.
Le Talisman.

Monnier : **Notre belle Patrie. Sites pittoresques de la France.**

Raynal : **Les Naufragés.**

Rousselet (L.) : **Sur les confins du Maroc.**

Scott (Walter) : **Ivanhoë.**

Toudouze (G.) : **La vengeance des Peaux-de-Biques.**
Le Renard de la Mer.
Le voltigeur hollandais.

Vernon (P.) : **Pirate de l'air.**

Wyss (J.) : **Le Robinson suisse.**

Pour la collection complète, demander le Catalogue de Distribution de Prix.

2e SÉRIE
Format in-8 (25 × 17)

Chaque volume :
broché . . . . **9 fr.**
relié percaline, tranches jaunes, tête dorée . . **13.50**

About (E.) : **Nouvelles et souvenirs.**
Le roi des montagnes.

Arthez (Danielle d') : **Les tribulations de Nicolas Mender.**

Beauregard (G. de) : **Le rubis de Lapérouse.**

Boland (H.) : **Excursions en France.**

Bovet (Mme de) : **Mademoiselle l'Amirale.**

Cahun (L.) : **Les pilotes d'Ango.**

Colomb (Mme J.) : **Mon oncle d'Amérique.**
Les étapes de Madeleine

Cooper (Fenimoore) : **Le dernier des Mohicans.**

Corneille : **Œuvres choisies.**

Daudet (A.) : **Histoire d'un enfant, le petit Chose.**

Dickens (C.) : **David Copperfield.**
Nicolas Nickleby.

Dourliac (A.) : **Fleur des ruines.**

Gaffarel (P.) : **Les campagnes de la première République.**

Girardin (J.) : **Le locataire des demoiselles Rochon.**

Guy : **Gérard le Résolu.**

Perrault : **Fière devise.**
Autour d'un secret.

CINQ SEMAINES EN AÉROPLANE

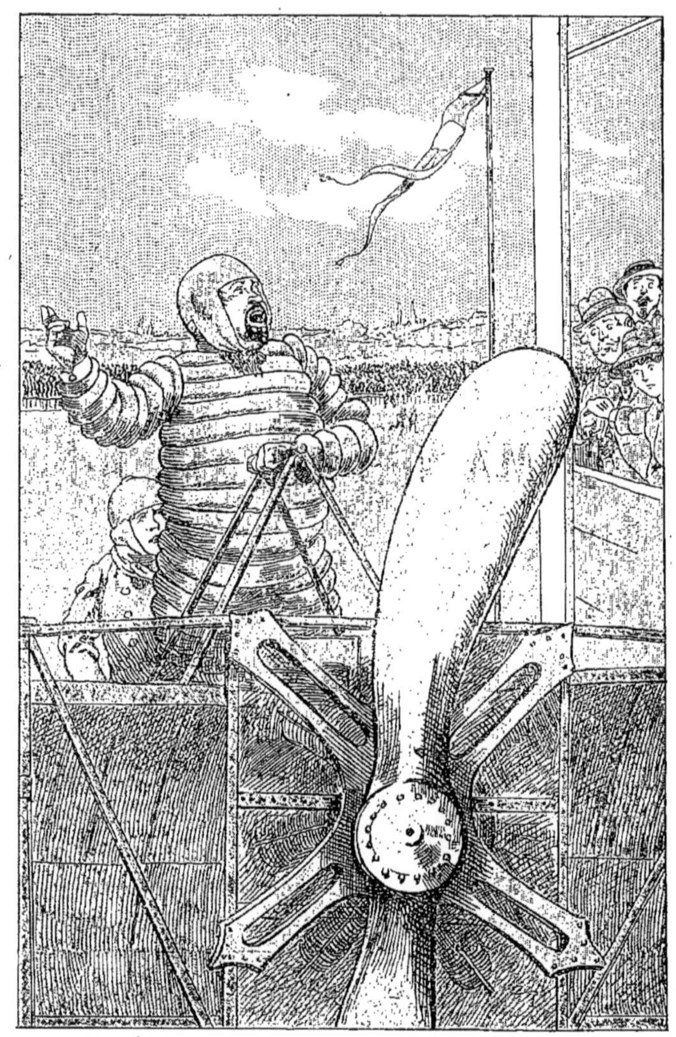

« EN ROUTE ! » S'ÉCRIA FOULAYAC.

BIBLIOTHÈQUE DE LA JEUNESSE

CINQ SEMAINES EN AÉROPLANE

PAR

HENRY DE GORSSE

ILLUSTRATIONS DE JOB

LIBRAIRIE HACHETTE
79, BOULEVARD SAINT-GERMAIN, PARIS

M. CASTILLO S'ÉMERVEILLAIT DE L'ADRESSE DÉPLOYÉE PAR RIQUET

CINQ SEMAINES EN AÉROPLANE

CHAPITRE PREMIER

UN ACCIDENT D'AUTOMOBILE

Mon ami Riquet, s'écria M. Landrimel, qui venait de terminer l'inspection du garage d'automobiles dont il était le directeur, tu as, ma foi, fort bien travaillé cette semaine, et je suis content de toi. Je te donne congé jusqu'à lundi matin.

— Oh ! merci, patron ! répondit le jeune mécanicien, auquel venait d'être adressé ce compliment. Et puisque me voilà libre pour deux jours, je vais en profiter pour aller voir à Albi mon oncle Foulayac.

— A ton aise, mon garçon !... Je n'y vois aucun inconvénient ! »

Et M. Landrimel, tournant les talons, s'apprêta à rentrer dans son bureau. Mais Riquet ne lui laissa pas le temps d'y pénétrer.

« Patron, lui demanda-t-il, est-ce que je ne pourrais pas prendre, pour faire la route, une de nos motocyclettes ?

— Oui, répondit M. Landrimel, je t'y autorise, mais à la condition expresse que tu n'iras pas trop vite !... Je serais responsable, tu le sais, des accidents qui pourraient t'arriver ! Tu me promets d'aller doucement ?

— Oui, patron, je vous le promets.

— Alors, c'est chose accordée ! »

Riquet se frotta les mains en signe de satisfaction, et, quelques minutes plus tard, fièrement campé sur sa trépidante machine, il quittait le garage, où, on l'a deviné, il était employé en qualité d'apprenti mécanicien, et roulait à une allure rapide, mais cependant raisonnable, sur la longue route plate et poudreuse qui conduit de Toulouse à Albi.

On était aux tout premiers jours de printemps, et la campagne, qui commençait à verdir sous les premières caresses du soleil d'avril, était ravissante à voir. Aussi Riquet, qui, depuis deux ou trois mois, n'avait pour ainsi dire pas quitté son garage, ne pouvait-il, tout en roulant, se lasser d'admirer les champs de blé, sur lesquels la brise faisait, par instants, passer de molles ondulations.

LA MOTOCYCLETTE BONDIT SUR LA ROUTE

Cependant, à mesure que Riquet avançait, le ciel, qui était d'un bleu d'azur lorsqu'il avait quitté Toulouse, s'était peu à peu couvert de gros nuages.

« Oh ! oh ! se dit le jeune motocycliste, un violent orage ne va pas tarder à éclater ! Il faut absolument que je gagne Albi auparavant !... »

Malgré les recommandations que lui avait faites M. Landrimel, il mit de l'avance à l'allumage, et sa motocyclette, soudain comme électrisée, bondit sur la route avec une telle vitesse, qu'on eût dit que l'on avait brusquement décuplé la force de son moteur.

Riquet traversa des bourgs, des villages, des hameaux, et ce fut miracle, si, au cours de cette folle randonnée, il n'écrasa ni canards, ni poules, ni cochons ! Cependant, malgré tous les efforts que fit le jeune garçon, il ne put arriver à Albi avant l'orage, et il en était encore éloigné d'une dizaine de kilomètres, lorsque, tout à coup, à la nuit tombante, les éclairs se mirent à sillonner le ciel d'une façon ininterrompue, le tonnerre à gronder, et les nuages à déverser sur la terre des cataractes diluviennes.

L'orage était d'une telle violence que Riquet, n'y voyant pas à cinq pas devant lui, ne put continuer sa route et fut obligé de se réfugier dans une cahute abandonnée, qui se trouvait en lisière du chemin.

Il y était à peine depuis cinq minutes, lorsque, soudain, un coup de tonnerre, plus formidable encore que tous les autres, ébranla l'atmosphère, et Riquet, tremblant de tous ses membres, aperçut une énorme boule de feu qui, descendant du haut du ciel, mit, pendant une seconde, comme un panache de flammes à la cime d'un peuplier. La foudre venait de tomber sur l'arbre, qui, frappé à mort, s'abattait aussitôt en travers de la route avec un bruit sinistre.

« Ouf ! s'écria Riquet, je peux dire que j'ai de la chance aujourd'hui, et que je l'ai échappé belle ! »

L'arbre, qui venait d'être ainsi foudroyé, se trouvait en effet à quelques mètres, à quelques pas de la cabane où s'était réfugié le jeune mécanicien !

Pendant ce temps, la nuit était

venue, une nuit noire et sans lune. Et la pluie continuait toujours à tomber, torrentielle !

« Ah ! çà, se dit Riquet, un peu inquiet, est-ce que je vais être obligé de passer toute la nuit ici ?... Voilà qui ne serait guère agréable ! »

La perspective de dormir dans cette masure minable, alors qu'un lit moelleux et confortable l'attendait chez son oncle Foulayac, le réjouissait fort peu.

Mais Riquet venait à peine de faire cette réflexion, qu'un bruit encore lointain, mais qu'il connaissait bien, vint frapper son oreille.

C'était le bruit d'un moteur, d'un moteur d'automobile.

La machine devait être forte et aller à bonne allure, car le bruit augmenta très vite.

Riquet mit le nez dehors pour voir passer la voiture et, tout à coup, dans la clarté que projetaient les deux phares, il aperçut le peuplier qui gisait à terre, en travers de la route.

« Ah ! mon Dieu, s'écria-t-il, comme mû par un fâcheux pressentiment, pourvu qu'ils voient cet obstacle ! »

Il n'eut pour ainsi dire pas le temps d'achever !

Soit que le chauffeur n'eût pas freiné à temps, soit que les freins n'eussent pas suffisamment bien fonctionné, la lourde machine ne put s'arrêter et alla donner du capot contre le peuplier déraciné.

« Oh ! les malheureux, les malheureux ! » s'exclama Riquet.

Quittant sa cabane, il se précipita au dehors et courut à toutes jambes vers l'endroit où venait de se produire l'accident, et où, peut-être, se trouveraient plusieurs victimes.

Il y avait eu heureusement plus de peur que de mal. Tous les voyageurs étaient sains et saufs. La voiture, dont le capot était tout cabossé, les ailes brisées et les vitres cassées, avait seule sérieusement souffert.

L'automobile n'avait pas culbuté ; aussi les voyageurs, leur premier moment d'affolement passé, purent-ils en descendre aussitôt, aidés par le chauffeur, qui, lorsqu'il eut fait l'impossible pour arrêter sa machine, avait sauté sur la route au moment du choc.

Deux personnes sortirent de la voiture: un homme fort distingué, d'une cinquantaine d'années, et une charmante fillette d'environ douze ans.

« Ah ! çà, chauffeur, que s'est-il donc passé ? demanda le monsieur, avec un accent légèrement étranger, et que l'émotion faisait trembler un peu.

— Un arbre, qui barrait la route, et contre lequel nous avons buté !...

— Comment se fait-il que vous ne l'ayez pas vu ?

— Il m'avait semblé, de loin, que c'était une haie en bordure de la route, et ce n'est que lorsque nous avons été à une vingtaine de mètres que je me suis aperçu, mais trop tard, de mon erreur !...

— C'est inouï, insensé ! »

Et le propriétaire de l'automobile, levant les bras au ciel, rejoignit la jolie fillette, qui, encore toute tremblante de l'émotion qu'elle venait d'éprouver, s'était assise sur le talus de la route et pleurait à chaudes larmes.

Quant à Riquet, lui, il ne s'étonna pas de la réponse du chauffeur.

Il savait, car il avait souvent roulé la nuit, que les chauffeurs, fatigués par la monotonie d'une route qui, à la clarté des phares, se déroule à l'infini devant eux, n'arrivent plus à préciser d'une façon certaine les objets qu'ils aperçoivent, et prennent quelquefois pour la continuation de cette route un mur qui la longe, et contre lequel, à un virage, ils vont s'abîmer.

Cependant, comme le chauffeur s'apprêtait à visiter sa machine, Riquet s'approcha de lui, et, lui ayant appris qu'il était employé dans un garage, s'offrit à l'aider.

« Mais de grand cœur, mon camarade ! » lui répondit le mécanicien.

Et aussitôt, les voilà tous deux qui, après avoir tiré la voiture en arrière, pour la dégager des branches d'arbre où elle s'était empêtrée, et après avoir, pour s'éclairer, posé à terre les deux phares aux côtés du capot levé, se mirent à vérifier les organes essentiels.

Riquet apprit alors quels étaient les deux voyageurs qui venaient, comme par miracle, d'échapper à un accident, qui aurait pu avoir les suites les plus graves, si l'automobile, au lieu de se caler contre le peuplier et de s'y immobiliser, s'était renversée sur elle-même et avait fait panache.

C'étaient un riche banquier de Lisbonne, du nom de Manoel Castillo, et sa fille, Estrella. Ils faisaient un voyage d'agrément dans le midi de la France, et avaient loué, dans un garage de Biarritz, l'automobile qui venait de leur procurer à tous deux une si belle émotion.

Le chauffeur et Riquet, tout en bavardant, constatèrent avec satisfaction que le moteur n'avait subi aucune avarie, et qu'en dehors des vitres brisées et des ailes cassées, les pneumatiques seuls des deux roues d'avant avaient été détériorés. Ils avaient, en effet, tous deux éclaté sous la violence du choc, et ils étaient, à l'heure actuelle, complètement aplatis.

« Allons, allons, fit le chauffeur, il n'y a heureusement pas trop de mal ! J'ai là des enveloppes de rechange. Nous n'en avons, à nous deux, que pour une petite demi-heure de travail. »

Et, courageusement, Riquet et le mécanicien se mirent en devoir de changer le plus vite possible les deux pneumatiques.

Le ciel, d'ailleurs, semblait vouloir leur être favorable. La pluie s'était, comme par enchantement, arrêtée de tomber, et la lune, une jolie pleine lune de printemps, venait d'apparaître radieuse dans la large échancrure qu'avaient brusquement dessinée dans le firmament deux gros nuages qui s'étaient disjoints.

Or, tandis que le chauffeur et son aide travaillaient avec ardeur à faire la réparation, M. Castillo, qui avait consolé sa fille, revint vers eux, et il fut tout de suite émerveillé par l'adresse que déployait Riquet, qu'il avait à peine remarqué jusque-là. C'était, en effet, celui-ci qui, en vieux praticien de l'automobile qu'il était déjà, indiquait au mécanicien la façon dont il fallait s'y prendre pour dépouiller le plus vite possible une chambre à air de son enveloppe.

« Ah ! çà, mon garçon, demanda M. Castillo à Riquet, tu es donc du métier ?

— Oui, monsieur.

— Cela se voit ; tu es déjà un mécanicien fort habile !... Mais d'où es-tu ? Comment te trouves-tu, à pareille heure, sur cette route déserte ? »

Riquet expliqua par suite de quelle circonstance fortuite il avait été obligé de s'arrêter dans une bicoque abandonnée, afin de laisser passer l'orage qui l'avait surpris en cours de route, et comment, de la sorte, il avait été témoin de l'accident.

Cela amena M. Castillo à lui demander où il allait :

« A Albi, monsieur ! répondit-il. J'ai, en effet, une journée de congé que je vais passer chez mon oncle.

— Ah ! ah !... Et qu'est-ce qu'il fait, ton oncle ?

— Il est épicier.

— Épicier ?

— Oui, sur la place de la Cathédrale.

— Et comment s'appelle-t-il ?

— Foulayac... Prosper Foulayac... »

A ce nom, M. Castillo ne put s'empêcher de pousser un petit cri de surprise, mais Riquet était si occupé, à ce moment-là, à regonfler, avec une pompe pneumatique, l'une des chambres à air qu'on venait de remplacer, qu'il n'entendit pas et ne remarqua pas l'expression de très vif étonnement dont s'était tout à coup empreint le visage de M. Castillo.

D'ailleurs, la réparation arrivait à sa fin, car, quelques secondes plus tard, Riquet et le mécanicien, d'un commun accord, déclarèrent qu'on pouvait se remettre en route.

Se remettre en route ! C'était facile à dire !... Mais comment faire passer la machine par-dessus le peuplier qui s'était abattu en travers et l'obstruait totalement ? Il n'y fallait pas songer !

« N'y a-t-il pas un autre chemin que celui-ci qui conduise à Albi ? demanda alors M. Castillo.

— Oui, répondit Riquet, qui connaissait admirablement cette région, où il avait passé toute son enfance, il y en a justement un autre, que nous pouvons aller retrouver, à trois kilomètres, en revenant sur nos pas. Mais je vous préviens qu'il n'est guère brillant, car ce n'est qu'un simple chemin vicinal défoncé et plein d'ornières.

— Qu'importe, puisque nous n'avons pas le choix ! »

Riquet s'offrit alors à conduire les voyageurs, ce qui fut accepté d'enthousiasme, et, enfourchant sa motocyclette, il se mit à rouler en éclaireur devant l'automobile.

Il n'avait pas exagéré, en disant que ce second chemin n'était guère brillant. C'était presque un sentier, un sentier raboteux, semé de bosses et de trous, sur lesquels bondissaient l'automobile et la motocyclette, en faisant entendre de sourds et plaintifs gémissements... Aussi, était-on obligé d'aller très doucement et fallut-il près d'une heure pour faire les quinze kilomètres qui les séparaient, par ce chemin-là, de la ville d'Albi !

Enfin, les premières lumières de la cité apparurent dans la nuit, et, le long du faubourg populeux que la voiture suivait maintenant, les fenêtres étaient encore éclairées.

Bref, il était onze heures lorsque, sur les Lices du Nord, qui sont comme les grands boulevards d'Albi, l'automobile de M. Castillo s'arrêta enfin devant l'hôtel de la Poste.

Riquet sauta aussitôt de sa motocyclette et se précipita à la portière de la voiture, pour aider les voyageurs à descendre.

« Mon garçon, lui dit alors M. Castillo, je ne saurais te dire combien nous te sommes reconnaissants, ma fille et moi, du service que tu nous a rendu, ce soir, en nous aidant à réparer et en nous conduisant jusqu'ici... Que puis-je te donner, pour m'acquitter envers toi ?

— Le plaisir de vous avoir été utile me suffit, répondit vivement Riquet.

— Soit, fit M. Castillo, mais j'espère que nous nous retrouverons un jour, et que je pourrai, ce jour-là, t'être à mon tour utile en quelque chose. Allons, au revoir... et à bientôt, j'espère ! » conclut M. Castillo, en tendant la main à Riquet.

Et, tandis que le riche banquier portugais et sa fille s'engouffraient dans le couloir de l'hôtel de la Poste, précédés d'une vieille servante, qui tenait à la main un bougeoir fumeux, il renfourcha gaiement sa motocyclette et se dirigea vers la place de la Cathédrale, où se trouvait l'épicerie de l'oncle Foulayac.

CHAPITRE II

CHAFFOURIN ENNEMI DE FOULAYAC

A cette heure indue de la nuit, tout était calme et silencieux sur cette place qui est certainement l'une des plus pittoresques que l'on puisse voir, avec la colossale cathédrale qui la domine, tel un vieux château fort sarrasin, de ses énormes murs de briques, que surmontent çà et là, comme pour lui donner l'aspect d'une église, de jolis et frêles clochetons gothiques.

Mais, sans se soucier d'admirer, comme elle le méritait, cette place, dont il avait d'ailleurs appris tous les coins et recoins, au cours des innombrables parties de billes et de ballon qu'il y avait jouées pendant son enfance, Riquet ne fit que la tra-

UN CASQUE A MÈCHE ORNAIT SA TÊTE

verser et arrêta sa machine à la porte d'une vieille maison, dont tout le rez-de-chaussée était occupé par une petite boutique.

L'épicerie de l'oncle Foulayac était modeste, mais très proprette ; à la devanture, se dressait fièrement un énorme pain de sucre, dont la tête blanche émergeait d'un étroit fourreau de papier bleu qui l'enveloppait jusqu'à moitié de sa hauteur.

L'épicerie portait, en effet, cette enseigne, un peu exagérée peut-être : *Au Roi des pains de sucre !...*

« Oh ! là là ! se dit Riquet, que va dire mon oncle d'être réveillé à une pareille heure de la nuit ?... J'aurais peut-être bien fait de coucher à l'hôtel. Mais, ma foi, il n'est plus temps ! Armons-nous de courage ! »

Et, bravement, il tira le cordon de la sonnette, qu'on entendit tinter dans le silence de la nuit. Un gros chien aboya, auquel répondirent aussitôt, dans les environs, cinq ou six roquets acariâtres.

Quelques minutes s'écoulèrent, et Riquet commençait à se demander si son oncle avait entendu son coup de sonnette, lorsque, tout à coup, une fenêtre de l'entresol s'ouvrit, en grinçant sur ses gonds, et une grosse tête ronde et coiffée d'un énorme bonnet de nuit — de ces bonnets de nuit qu'on appelait autrefois casques à mèche — y apparut.

Cette tête, qui, au premier abord, n'avait rien de bien avenant, n'était autre que celle de M. Foulayac.

« Qui est là ?... cria celui-ci, d'une voix bougonne, en se penchant au dehors.

— C'est moi, mon oncle.

— Toi, Riquet, à une pareille heure ! Eh ! bien, tu en as de l'aplomb de venir réveiller ainsi les gens qui dorment.

— Mon oncle, répondit le petit mécanicien, il n'y a pas de ma faute, je vous assure, si je ne suis pas arrivé plus tôt, et je vous expliquerai, lorsque vous m'aurez ouvert, la cause de mon retard. Mais, pour le moment, ouvrez-moi vite, je vous en prie, car je tombe de fatigue et de sommeil.

— C'est bon, c'est bon, je descends ! » fit l'épicier, tout en grommelant et en refermant la fenêtre.

Et on l'entendit alors, à l'intérieur de la maison, descendre l'escalier d'un pas lourd.

« Oh ! oh ! pensa Riquet, il traîne la jambe ! C'est que ses rhumatismes le font souffrir !... Il va être d'une humeur ! »

Mais, au même moment, la porte de l'épicerie s'ouvrit, et Riquet, bien que ce ne fût point très respectueux, ne put s'empêcher de rire de bon cœur, en voyant le petit déshabillé nocturne qu'avait endossé son oncle. Il était, en effet, affublé, outre son monumental bonnet de nuit, d'une longue robe de chambre à ramages multicolores, qui lui donnait tout à fait l'aspect d'un perroquet aux couleurs rutilantes.

« Ah ! çà, clampin, qu'as-tu à rire ainsi ? s'écria le brave épicier, furieux de voir son neveu le dévisager de la sorte.

— Rien, mon oncle, rien ! répondit Riquet, brusquement rappelé au sentiment de respect qu'il devait à son oncle.

— Eh bien ! viens te coucher, car ta chambre est, tu le sais, toujours prête ! Nous causerons demain ! »

Riquet remisa sa motocyclette dans le couloir de la maison, et, après avoir embrassé son oncle, qui, malgré son caractère grognon, était tout de même une bonne pâte d'oncle, il gagna la chambrette où il avait grandi, et où il s'endormit, ce soir-là, d'un sommeil un peu agité. On dort mal, en effet, lorsqu'on a eu des émotions.

Une mauvaise nuit est bien vite passée, et lorsque, sur le coup de sept heures, Riquet se réveilla et aperçut le soleil qui souriait à travers les rideaux de sa chambre, il oublia instantanément les mauvais rêves et les cauchemars qui avaient hanté son sommeil.

Comme il y avait plus de trois mois qu'il n'avait pas pu venir voir son oncle qu'il adorait, — car c'était son oncle qui lui avait servi de père et l'avait élevé, — il était fort impatient de bavarder avec lui et de lui raconter l'aventure de la veille... Aussi, s'habilla-t-il en un tour de main, afin de descendre vite dans la boutique.

« Bonjour, mon oncle ; comment allez-vous, ce matin ? s'écria-t-il joyeusement, en pénétrant dans l'épicerie.

— Ça va aussi mal que possible ! répondit Foulayac, d'une voix encore plus hargneuse que celle dont il avait, la veille au soir, accueilli son neveu.

— Seriez-vous malade ? demanda aussitôt Riquet, subitement inquiet.

— Eh ! ce n'est pas moi qui suis malade, s'exclama le gros épicier, c'est ma boutique !

— Votre boutique ?

— Oui, les affaires vont de mal en pis, et, si cela continue, avant trois mois, ce sera pour moi la ruine, la ruine complète !

— Ah ! mon Dieu, dit Riquet, serait-ce possible ?

— Tiens, regarde, mon garçon, regarde !... »

Et quittant son comptoir, il courut à la porte de son magasin et désigna à son neveu une magnifique épicerie qui, de l'autre côté de la place, regorgeait de monde, alors que la sienne était complètement déserte.

« Tu vois, lui dit-il, là-bas, il y a foule, et ici, personne ! Et c'est comme cela tous les jours !

— Tous les jours, mon oncle ?

— Oui, ma clientèle, si nombreuse il y a quelques semaines encore, m'a quitté, abandonné ! Et cela, parce qu'en face s'est installé ce Chaffourin de malheur ! »

Tout en parlant, il tendit le poing vers la boutique rivale, à la porte de laquelle, servant dix clients à la fois, s'agitait un petit homme, à la mine sournoise et obséquieuse, qui n'était autre que M. Chaffourin, l'heureux concurrent du pauvre Foulayac.

« Si encore ce Chaffourin donnait de la meilleure marchandise que moi, ou la vendait meilleur marché, je comprendrais son succès, son triomphe, continuait à gémir l'oncle de Riquet. Mais il n'en est pas ainsi !

S'il a attiré tout le monde chez lui, c'est parce qu'il a employé des procédés qui sont peut-être en usage à Paris, mais qu'on ne doit pas, à coup sûr, employer dans une ville de province. »

Et, comme s'il eût voulu résumer en deux mots toute la haine et tout le mépris qu'il avait pour son collègue, il s'écria :

« Sale Parisien ! »

Foulayac exagérait un peu, en traitant de la sorte son heureux concurrent. M. Chaffourin n'était pas plus Parisien, en effet, qu'il ne l'était lui-même. C'était, comme lui, un Albigeois et, qui plus est, un de ses anciens amis d'enfance, un de ses anciens camarades de lycée.

Il avait d'abord commencé, dès sa sortie du collège, et dans sa ville natale même, toute une série de métiers, plus hétéroclites les uns que les autres, tels que clerc d'avoué, bijoutier, antiquaire, marchand de chevaux, puis, n'ayant réussi dans aucun, il était parti, un beau matin, pour Paris, afin d'y tenter la fortune.

Qu'y avait-il fait ? Nul ne le savait, ou n'aurait pu le dire d'une façon certaine. Ce qu'il y a de sûr, en tout cas, c'est qu'il en était revenu, une dizaine d'années plus tard, — quelques mois avant que ne commence ce récit, — en possession de capitaux suffisants pour créer, sur la place de la Cathédrale, et juste en face de la boutique du pauvre Foulayac, cette « Grande Epicerie Moderne, à l'instar de Paris », vers laquelle s'était aussitôt ruée la clientèle, jusque-là si fidèle, de l'oncle de Riquet.

Il faut dire aussi que M. Chaffourin avait tout mis en œuvre pour assurer la réussite de sa nouvelle maison.

D'abord, il avait loué le plus beau magasin de la ville, auquel il avait bientôt joint, le jugeant insuffisant, les deux boutiques adjacentes.

Aucun détail n'avait ensuite été oublié pour jeter de la poudre aux yeux des clients. Les trois magasins, qui composaient maintenant l'Epicerie Moderne, avaient été totalement repeints et remis à neuf, et inondés d'une profusion de lampes électriques, qui, le soir venu, emplissaient d'une clarté aveuglante, et de fort mauvais goût, affirmait Foulayac, tout ce coin, jusque-là si calme, de la vieille place albigeoise.

Ajoutez à cela que M. Chaffourin avait, comme l'affirmait son concurrent, employé, pour se faire de la réclame et de la publicité, « les procédés en usage à Paris », et vous comprendrez tout de suite le succès triomphal, et sans précédent à Albi, qui avait, d'une façon en quelque sorte foudroyante, couronné la hardiesse de son innovation et l'audace de sa tentative.

Ces procédés commerciaux n'avaient, d'ailleurs, rien de répréhensible, quoi que voulût faire croire Foulayac.

Ils consistaient en primes, données certains jours, aux acheteurs et aux acheteuses ; en affiches illustrées, qui, un beau matin, avaient fait flamboyer leurs images sur tous les murs de la ville, et, enfin, en hommes-sandwiches, qui, par files de douze, promenaient, du matin au soir, ces affiches à travers les rues et les ruelles.

C'étaient surtout ces hommes-réclames qui avaient le don d'exaspérer le pauvre Foulayac, et quand il les voyait passer devant sa boutique, il avait toutes les peines du monde à se retenir et à ne pas sauter sur eux.

« Oh ! non, non, c'est insensé ! s'écria-t-il, fou de rage, et en levant vers le ciel des bras qui le faisaient, pendant quelques secondes, ressembler à ces amusants bonshommes qu'on plante parfois au milieu des champs, pour effrayer les oiseaux. C'est insensé que la municipalité autorise des mascarades pareilles ! Nous ne sommes pourtant pas au mardi gras ! Oh ! j'aime mieux rentrer pour ne pas voir ça ! »

Et Foulayac agissait, ma foi, fort sagement, en ne restant point davantage sur sa porte, car il eût vraiment risqué, en le faisant, de mourir sur place d'une attaque d'apoplexie provoquée par la colère. Il en était ainsi peu à peu arrivé, lui jusque-là si placide, à avoir pour son rival une haine farouche.

C'est que ce n'était pas seulement dans ses intérêts de commerçant que l'oncle de Riquet se sentait frappé, c'était aussi dans son amour-propre d'homme.

Jusqu'en ces derniers temps, Foulayac avait en effet été, sinon un des personnages les plus importants de la ville, du moins un de ceux avec qui compte l'opinion publique. Il avait même été un moment question, lors des élections pour le renouvellement du Conseil municipal, de le porter comme candidat sur la liste élaborée, en vue de ces élections, par le grand commerce albigeois !

Aussi, Foulayac, qui, il faut bien le dire pour être véridique, était vaniteux comme un paon, se voyait-il déjà entouré d'honneurs et ceint — qui sait ? — d'une écharpe de maire.

Ces beaux rêves ne durèrent, hélas ! que quelques heures, car, à la dernière minute, on lui préféra qui ?... Chaffourin, son ennemi Chaffourin !...

Ce fut un tel coup, pour le malheureux Foulayac, qu'il en faillit mourir et fut obligé de s'aliter pendant toute une semaine, atteint d'une terrible jaunisse, qui lui donna, en quelques secondes, l'aspect d'un vieux parchemin.

Bref, comme l'avait dit le gros épicier à son neveu Riquet, les choses allaient pour lui aussi mal que possible. Et il faut reconnaître que, pour une fois, quoique méridional, il n'avait aucunement exagéré cette fâcheuse situation.

Riquet n'en revenait pas qu'un tel changement eût pu se produire en quelques mois, en quelques semaines, et, comme il avait très bon cœur, il fit l'impossible pour essayer de consoler son oncle et tâcher de lui rendre l'espoir.

Il n'y parvint malheureusement guère ! Mais, tandis qu'il s'y efforçait, les cloches de la cathédrale se mirent à sonner à toute volée.

« Voilà la fin de la grand'messe, fit Foulayac. Tu vas voir, mon garçon, si je ne t'ai pas dit la vérité ! »

LES HOMMES-SANDWICHES L'EXASPÉRAIENT

Une foule élégante et nombreuse descendit les marches du parvis, et, quelques minutes plus tard, l'Epicerie Moderne regorgeait d'une nuée d'acheteurs et d'acheteuses, alors que deux ou trois clients à peine — et encore, — pour acheter des choses insignifiantes, deux sous de cannelle, ou trois sous de clous de girofle, entrèrent au Pain de sucre !

« Tu vois, s'écria Foulayac, exaspéré. Tu vois !...

— Et ! oui, mon oncle, je vois, je vois, en effet ! » répondit le pauvre Riquet, dont le cœur s'était rempli de tristesse, alors que, par ce beau dimanche de printemps, de soleil et de congé, il eût dû être, au contraire, tout à la joie.

Mais Foulayac n'était pas encore, ce jour-là, au bout de ses peines.

Une musique se fit soudain entendre à l'autre bout de la place. C'était la fanfare municipale, la Philharmonique albigeoise, qui, sa rouge bannière couverte de médailles en tête, s'avançait majestueusement, en faisant résonner les échos d'alentour des nobles et martiaux accents de la marche de *Faust*.

La fanfare, suivie d'une troupe de gamins et de badauds, fit le tour de la place et vint ensuite se ranger en demi-cercle devant l'épicerie de M. Chaffourin.

« Ça y est, ça y est ! s'écria Foulayac, qui, attiré par le bruit, était revenu sur la porte de sa boutique. Il a encore trouvé ce moyen-là d'attirer chez lui la clientèle ! Ah ! le charlatan ! le charlatan ! »

Et, rouge de colère, il se mit à se livrer à une telle mimique désordonnée, que Riquet crut prudent de fermer la porte du magasin, pour qu'on ne puisse pas entendre du dehors tout ce que son oncle proférait de peu aimable à l'égard de son redoutable rival.

Sur la place, il y avait maintenant plus de deux mille personnes, qui, enthousiastes, applaudirent successivement l'ouverture de la *Traviata*, la marche de *Sambre-et-Meuse* et *la Marseillaise*.

Puis une acclamation formidable, poussée par deux mille voix, unies en un même élan, retentit :

UNE FOULE CONSIDÉRABLE ACCLAMAIT LA FANFARE ET CHAFFOURIN

« Vive Chaffourin ! Vive Chaffourin ! »

Le gros Foulayac, effondré sur son comptoir, manqua, cette fois, en mourir de rage et de dépit.

Cependant, malgré les efforts de Riquet pour le retenir, il trouva la force de courir une nouvelle fois jusqu'à la porte de la boutique, où, s'adressant à un monsieur qui passait, il demanda.

« Mais enfin, que signifie une pareille manifestation ? Qu'est-ce que cela veut dire ? M. Chaffourin n'est pas encore, que je sache, président de la République ?

— Non, répondit le passant interpellé, mais il est, depuis hier soir, président du Comice agricole.

— Prés... Prés... Prés... ! »

Foulayac ne put achever. Rouge, suffocant, apoplectique, il rentra précipitamment dans sa boutique, où, saisissant un gros bocal de cornichons il le jeta à la volée à travers le magasin, pour calmer sa fureur.

« Oh ! oh ! voilà une singulière façon de recevoir les gens ! fit un monsieur qui entrait à ce moment-là dans l'épicerie, suivi d'une charmante petite fille.

— Monsieur Castillo ! » s'écria Riquet, en le reconnaissant.

Ce visiteur n'était autre, en effet, que le banquier portugais, accompagné de la gentille Estrella.

CHAPITRE III

UN TESTAMENT ORIGINAL

M. Castillo était, comme Foulayac, un homme d'une cinquantaine d'années ; mais autant l'épicier albigeois était court et d'aspect commun, autant, au contraire, le banquier portugais était grand, élancé et plein de distinction.

Son visage était mâle, et le regard, un peu hautain par instants, qui éclairait les yeux, décelait, en même temps qu'une intelligence sans cesse en éveil, les trois qualités qui, par leur réunion, forment les plus beaux caractères d'hommes : la bonté, la franchise et l'énergie.

Comme le pauvre Foulayac, tout penaud de son incartade, s'excusait de son mieux et cherchait à expliquer les raisons qui avaient provoqué chez lui un pareil accès de colère, M. Castillo daigna sourire, puis, d'un geste bon enfant, lui fit comprendre qu'il n'avait pas à s'excuser et que cela ne tirait pas à conséquence.

Riquet, croyant alors que le banquier portugais était venu pour lui, mit, en quelques mots, son oncle au courant du service qu'il avait rendu, la veille au soir, car, depuis son arrivée, on l'a vu par ce qui précède, il n'avait pas encore pu trouver le moment pour raconter l'accident d'automobile dont il avait été le témoin. Et il termina très gentiment en exprimant le regret que M. Castillo se fût dérangé pour venir le remercier, car, affirma-t-il, la chose n'en valait certainement pas la peine.

M. Castillo profita de la circonstance pour dire tout le bien qu'il pensait de Riquet, et il déclara, ayant vu ce dernier à l'œuvre, que, s'il avait eu un fils, il aurait été très heureux de le voir aussi débrouillard que le jeune mécanicien.

« Ah ! ça, c'est vrai, daigna opiner Foulayac, Riquet est un brave petit garçon, très intelligent et très travailleur. Je puis même dire qu'il est ma seule consolation, au milieu de tous les malheurs qui m'accablent.

— Des malheurs, dites-vous ? » fit M. Castillo.

Et le pauvre Foulayac, comme s'il eût eu, à ce moment-là, besoin de s'épancher dans le sein de quelqu'un, ce quelqu'un fût-il un étranger, pria M. Castillo et sa fille de s'asseoir, puis, malgré les interventions de son neveu, qui, à plusieurs reprises, essaya de l'arrêter, il leur raconta tous ses déboires, et comment, depuis que Chaffourin avait installé une autre épicerie en face de la sienne, il marchait à grands pas vers la ruine.

Le récit n'avait en soi rien de bien comique, mais Foulayac le fit avec une telle conviction, et en employant des phrases si expressives et si imagées, que, plusieurs fois, M. Castillo fut obligé de se pincer les lèvres pour ne pas éclater de rire.

Quant à Estrella, elle souriait gentiment à Riquet qu'en son imagination de fillette, elle considérait déjà comme son sauveur, bien que le rôle du petit mécanicien, dans l'accident de la veille, se fût, au fond, borné, à prêter son aide à la réparation de deux pneumatiques.

« Alors, vraiment, vos affaires vont si mal que cela ? demanda aimablement M. Castillo, lorsque le gros épicier eut achevé ses doléances.

— Mais c'est-à-dire, répondit ce dernier, que si les choses continuent de la sorte, je serai, avant la fin de l'année, obligé de déposer mon bilan.

— Et vous ne voyez aucun moyen d'améliorer ou de changer cette situation ?

— Aucun !

— Eh bien, je vous en apporte peut-être un !

— Vous, monsieur ? s'écria Foulayac, étonné.

— Oui, moi ! Mais il s'agit d'une chose, sinon confidentielle, du moins pour laquelle j'aimerais me trouver seul avec vous.

— Mais qu'à cela ne tienne ! répondit Foulayac. Il y a, derrière la maison, un jardin, dans lequel ces enfants pourraient aller jouer, pendant que nous causerons.

— C'est parfait.

— Alors, va, Riquet, et fais aimablement les honneurs de notre jardinet à cette jolie petite demoiselle.

— Entendu, mon oncle. »

Et Riquet, prenant la fillette par la main, la mena dans le petit jardin, où elle eut aussitôt comme un émerveillement.

« Oh ! les belles fleurs, les belles fleurs ! s'écria Estrella, tout extasiée.

— N'en avez-vous donc pas d'aussi belles dans votre pays ? demanda Riquet.

— Si... oh ! si... répondit la fillette. Mais ce ne sont malheureusement pas des roses de France !

— Je vois que vous aimez beaucoup la France, mademoiselle ?

— Oh ! oui, beaucoup.

— Autant que votre pays ? »

La fillette hésita deux ou trois secondes avant de répondre, puis, gentiment, de sa voix la plus douce, elle dit :

« Oui, je l'aime autant !

— Alors, mademoiselle, fit gaiement Riquet, qui, en bon petit Français qu'il était, était déjà très galant, permettez-moi de vous offrir un beau bouquet de nos roses ! »

Et, sous les yeux d'Estrella, il se mit à dévaliser de leurs plus belles fleurs les massifs et les plates-bandes de son oncle.

Pendant ce temps, une scène d'un tout autre genre, beaucoup moins gracieuse, mais infiniment plus importante, se déroulait dans la boutique de Foulayac.

Là, M. Castillo, resté seul avec l'épicier, avait gardé pendant quelques instants le silence, comme s'il eût réfléchi tout à coup à la gravité de ce qu'il allait dire. Puis, surmontant l'émotion qui semblait l'étreindre, et que, malgré son peu d'esprit d'observation, Foulayac n'avait pas pu s'empêcher de remarquer, il commença ainsi :

« Vous êtes bien, n'est-ce pas, Monsieur Prosper-Jean-Baptiste Foulayac, né à Albi, le 18 mai 1859 ?

— Oui.

— C'est bien... C'est très bien ! »

Et il y eut un nouveau silence de plusieurs secondes, pendant lesquelles M. Castillo examina longuement son interlocuteur. Ce silence parut durer toute une éternité à ce brave Foulayac, de plus en plus intrigué !

Le banquier le rompit enfin, et, s'efforçant de plus en plus de dominer son émotion, très apparente malgré tous les efforts qu'il faisait pour paraître calme :

« Vous rappelez-vous alors, continua-t-il, l'un de vos anciens amis d'enfance, Joseph Pigassol ?...

— Si je me rappelle Joseph Pigassol ! s'écria Foulayac, dont, à ce nom seul, le cœur avait battu très fort. Ah ! je crois bien que je me le rappelle !

Joseph Pigassol était mon meilleur camarade, presque un frère ! Nos parents habitaient la même maison, et nos mamans étaient deux grandes amies. Nous étions à peu près du même âge ; nous avons grandi l'un près de l'autre, nous avons été élevés ensemble. Nous ne nous étions quittés ni d'un jour ni d'une heure jusqu'à notre sortie du régiment !

« Ah ! je nous vois encore, à l'école, usant nos culottes de collégiens sur le même banc, ou attachant un hanneton au bout d'un fil, pour le laisser ensuite s'envoler au beau milieu de la classe !... Je nous vois aussi sur cette place, — et il désignait du geste la place de la Cathédrale, — faisant d'interminables parties de cerceau et de barres, ou sautant comme deux fous par-dessus les feux de joie qu'on y allume le soir de la Saint-Jean !

« Et au régiment donc !... Nous ne nous étions pas séparés davantage. Le hasard, comme s'il eût deviné l'affection que nous avions l'un pour l'autre, nous avait encore rapprochés. Nous couchions dans la même chambrée... Nous étions même voisins de lit ! Ah ! que de fois, en graissant nos fusils ou en astiquant nos gibernes, au retour de quelque longue marche militaire, nous avons évoqué ensemble, comme je le fais aujourd'hui, nos plus chers souvenirs d'enfance !...

« Ah ! ce brave Pigassol, ce cher ami ! Il a eu le courage, lui, en rentrant du régiment, de partir pour l'Amérique, afin d'aller y chercher fortune, alors que, moi, je suis resté ici, à végéter, à m'enliser chaque jour un peu plus dans le train-train monotone et absurde de la vie de province ! »

Ici, Foulayac s'arrêta brusquement :

« Mais pourquoi me parlez-vous de Pigassol ? demanda-t-il vivement à M. Castillo. M'apporteriez-vous, par hasard, de ses nouvelles ?

— Peut-être !

— Oh ! dites, dites vite ! Où est-il ?... Que fait-il ?... Qu'est-il devenu, depuis plus de trente ans qu'il est parti, et depuis plus de vingt-cinq qu'il ne m'a plus envoyé la moindre nouvelle de lui, l'ingrat ? »

Et comme M. Castillo, sans oser répondre, baissait la tête.

« Mort ?... s'écria Foulayac, d'une voix sourde et étranglée par l'émotion. Il serait mort ?

— Oui !

— Où ?... Quand ?

— Il y a quelques jours, à Lisbonne.

FOULAYAC SE MIT A SANGLOTER

— Oh !... fit douloureusement Foulayac, en mettant la main sur ses yeux.

— Je suis... ou plutôt j'étais son ami, continua M. Castillo, et comme son dernier souvenir, sa dernière pensée, en mourant, ont été pour se rappeler Prosper Foulayac, son cher et vieux camarade d'enfance, j'ai cru exaucer son vœu suprême, en venant en France vous annoncer moi-même son décès, et vous apprendre aussi que, malgré toutes les apparences, il ne vous avait pas oublié. »

Foulayac ne put en entendre davantage, car l'émotion qu'il éprouvait était trop forte, et il s'écroula comme une masse sur un baril fermé, et se mit à sangloter longuement, douloureusement.

M. Castillo, très ému, lui aussi, fut obligé de se détourner, pour essuyer une larme qui roulait silencieusement le long de sa joue.

« Alors, il est mort ? prononça l'épicier, lorsque, au bout de quelques minutes, il put enfin retrouver l'usage de la parole.

— Hélas ! oui, fit M. Castillo, en hochant la tête. Il est mort ! Mais, comme c'était un homme prévoyant et qui, malgré l'agitation qui présida toujours à sa destinée, pensait à tout, il a, avant de mourir, rédigé un testament.

— Un testament ?...

— En bonne et due forme ! Et ce testament, mon cher monsieur Foulayac, vous intéresse particulièrement.

— Moi ?

— Oui, vous ! D'ailleurs, conclut M. Castillo, je l'ai dans ma poche, et je vais, si vous le voulez bien, vous en donner lecture.

— Comme vous voudrez, » répondit Foulayac, qui ne comprenait pas où son interlocuteur voulait en venir.

Et M. Castillo prit une enveloppe dans la poche intérieure de sa redingote, enveloppe d'où il sortit une feuille de papier pliée en quatre.

« C'est un testament olographe, dit-il, c'est-à-dire un testament écrit de la main même de votre ami, mais il n'en a pas moins de valeur, car il est régulier dans sa forme, totalement écrit par Pigassol, et dûment daté et paraphé par lui. »

Et, tendant la feuille de papier à Foulayac :

« D'ailleurs, ajouta M. Castillo, vous devez reconnaître l'écriture de votre vieux camarade ?

— Oui... oui... parfaitement, répondit l'épicier ; je la reconnais parfaitement !... Elle a bien un peu changé, depuis le temps que je n'avais eu le plaisir de la voir et de la lire, mais c'est bien là son écriture.

— Alors, écoutez ! » dit M. Castillo.

Et, d'une voix nette, assurée, donnant sa valeur à chaque mot, le banquier lut ce qui suit :

« Ceci est mon testament. Mais, « avant d'exprimer mes dernières vo« lontés, qu'il me soit permis d'énon« cer les raisons qui en ont motivé la « teneur, laquelle pourrait paraître, au « premier abord, un peu originale.

« Le 20 mars 1879, c'est-à-dire il y « a environ trente ans, lorsque je quit« tai Albi pour aller chercher en Amé« rique une fortune qui, après bien « des vicissitudes et des heures de dé« couragement, m'a enfin souri, puis« que je suis aujourd'hui quatre fois « millionnaire...

— Quatre fois millionnaire !... s'écria Foulayac, qui ne put retenir cette exclamation de surprise et d'admiration.

« J'avais laissé dans mon pays natal, « continua M. Castillo, un ami d'en« fance, Prosper-Jean-Baptiste Fou« layac, qui, je l'ai appris il y a quel« ques jours, vit encore et se rappel« lera certainement la promesse que « nous nous étions solennellement « faite l'un à l'autre, avant de nous « quitter.

— Une promesse ? fit Foulayac. Mais non, je ne me rappelle pas !...

M. Castillo poursuivit sans répondre :

« Nous nous étions promis, mon « ami Foulayac et moi, de partager « entre nous nos deux fortunes, quelle « que soit leur différence, le jour où « nous aurions atteint l'âge auquel il « faut songer à la vieillesse, c'est-à« dire à l'âge de cinquante ans.

— Oui... oui... je me souviens maintenant ! fit vivement Foulayac, se rappelant tout à coup, dans un éclair de mémoire, la promesse jadis échangée. Mais c'étaient là propos de jeunesse, auxquels je n'avais, par la suite, attaché aucune importance, et que j'avais totalement oubliés !... Serait-il possible ?

M. Castillo ne lui laissa pas le temps d'achever sa phrase et reprit sa lecture.

« J'étais donc venu en France, pour « tenir vis-à-vis de mon ami Foulayac « la promesse que je lui avais faite, « lorsqu'il y a quelques jours, à mon

« arrivée à Lisbonne, je me suis senti « frappé par les premières atteintes de « la congestion pulmonaire, qui, je le « sens bien, hélas ! va m'emporter « dans quelques heures... »

Foulayac, ayant comme un pressentiment vague de ce qui allait advenir par la suite, commença à devenir très pâle, puis, sentant ses jambes se dérober sous lui, il s'appuya de toutes ses forces contre son comptoir pour ne pas rouler sur le sol.

Et c'est à peine s'il entendit d'une façon confuse M. Castillo lire ce paragraphe du testament de Joseph Pigassol :

« Ne pouvant donc me rendre à Albi, « comme je l'aurais voulu, pour faire « à mon vieil ami Foulayac la surprise « de mon retour, et lui apprendre moi-« même, de vive voix, qu'il est désor-« mais riche et à l'abri de tout besoin, « je lui lègue, par le présent acte, « dûment écrit, signé et paraphé par « moi, et cela en vertu des conven-« tions verbales jadis intervenues « entre nous, la moitié de ma fortune, « soit une somme globale et en capi-« taux d'environ deux millions, la-« quelle somme est déposée à Lis-« bonne, dans les coffres de la Banque « Nationale de Portugal. »

FOULAYAC ROULA A TERRE AU MILIEU DES OLIVES

Le gros épicier, saisi par une émotion indicible, poussa alors un cri inarticulé et rauque, et il dégringola du haut de son baril, qu'il entraîna dans sa chute et d'où se répandirent sur le sol plusieurs centaines d'olives.

M. Castillo, croyant que l'épicier venait d'être soudain frappé par une attaque d'apoplexie, se précipita aussitôt vers lui, mais, constatant qu'il était simplement étourdi, pas même évanoui, il se contenta de lui mettre sous le nez un énorme pot de moutarde de Dijon.

Un formidable éternuement s'ensuivit, que l'on dut à coup sûr entendre à l'autre bout de la place, et qui eut pour effet immédiat de faire reprendre ses esprits à Foulayac.

« Deux millions !... s'écria-t-il, sans pouvoir dissimuler sa satisfaction. Voilà que j'ai deux millions, maintenant ! Non, non, c'est fou, c'est insensé, ce n'est pas possible !

— Calmez-vous, mon ami, calmez-vous, fit le banquier, dont la voix s'était faite très douce et très bonne. Ce moment de joie est très compréhensible, et votre ami Pigassol lui-même, s'il était là, l'excuserait très certainement.

— Vous croyez ? demanda Foulayac, se ressaisissant.

— J'en suis sûr !

M. CASTILLO APPROCHA LE POT DE MOUTARDE

— Ah ! tant mieux, tant mieux ! répondit l'épicier, un peu honteux. Je l'aimais, en effet, de tout mon cœur, mon vieil ami Pigassol !... Et croyez bien que, s'il me fallait restituer à l'instant les deux millions qu'il vient de me léguer, pour qu'il revienne au monde, je le ferais tout de suite, et sans une seconde d'hésitation !

— Je n'en doute pas ! répondit M. Castillo. Mais où diable avez-vous pris, mon cher monsieur Foulayac, que vous soyez déjà en possession de ces deux millions ?

— Mais dans le papier que vous tenez à la main, dans ce papier qui est le testament de Joseph Pigassol ! répliqua vivement le gros épicier, un peu surpris par la question qui venait de lui être posée.

— Alors, attendez, avant de rien conclure, que j'en aie terminé la lecture !

— Soit ! j'écoute. »

Et M. Castillo, tout en lorgnant Foulayac du coin de l'œil, lui lut le dernier paragraphe du testament.

Ce paragraphe était ainsi libellé :

« Comme je tiens à ce que mon ami « Foulayac, qui aurait pu s'enrichir, « lui aussi, si, au lieu de rester toute « sa vie derrière le comptoir de son « épicerie, il s'était expatrié et était « allé, comme moi, chercher fortune à « l'étranger, fasse, une fois au moins « dans sa vie, preuve de courage et « d'énergie, je mets une condition for- « melle au legs que je lui fais, en « principe, par le présent acte.

— Cette condition, demanda Foulayac, c'est ...?

— « C'est qu'il ira chercher lui- « même les deux millions, que j'ai « déposés en son nom dans les coffres- « forts de la Banque Nationale de Por- « tugal, à Lisbonne, *et qu'il ira en* « *aéroplane*.

— En aéroplane ?...

— « C'est à cette condition, et à « cette condition seule, qu'il pourra « entrer en possession de la moitié de « ma fortune, que je lui lègue d'ail-

« leurs de grand cœur, en souvenir de « l'étroite amitié qui nous lia si long- « temps.

« Mon ami Foulayac sera, au sur- « plus, déchu de tous ses droits sur « cette fortune, si, partant d'Albi, son « domicile actuel, il n'est pas arrivé à « Lisbonne, en aéroplane, ainsi qu'il « est stipulé ci-dessus, dans l'espace « de trois mois, jour pour jour, à par- « tir de celui où il aura eu connais- « sance du présent testament.

« Fait à Lisbonne, le 25 mars 1909.
« Signé : Joseph Pigassol. »

M. Castillo, ayant lu cet étrange testament, le replaça dans l'enveloppe, qu'il remit ensuite à Foulayac, sans se départir une seule seconde de son calme.

Celui-ci, qui, pendant ces dernières secondes, avait été frappé de stupeur, éclata alors comme une bombe.

« Ah ! çà, monsieur, s'écria-t-il, c'est là une agréable plaisanterie, je pense ?

— Rien n'est plus sérieux, au contraire !... D'ailleurs, n'avez-vous pas reconnu vous-même l'écriture de votre ami ?

— En effet ! »

Et Foulayac se mit, pendant quelques instants, à se parler à lui-même à mi-voix, en marchant à grands pas à travers la boutique. Il était évident qu'un grand et douloureux combat se livrait en lui.

« Eh bien, non, il ne doute... ou plutôt, il ne doutait de rien, mon ami Pigassol ! s'écria-t-il enfin. Certes, je savais qu'il avait toujours été, de son vivant, un excentrique et un original, mais c'est tout de même pousser un peu loin l'originalité et l'excentricité ! Il veut que j'aille moi-même chercher cette fortune en aéroplane ? Non, mais, il valait autant dire tout de suite que, malgré la promesse échangée, il ne voulait rien me laisser ! En aéroplane !... En aéroplane... Mais je n'ai pas envie de me casser la tête et de me rompre les os ! J'aime mieux renoncer à ces deux millions !

— Réfléchissez !

— C'est tout réfléchi !

— C'est votre dernier mot ?

— Oui... non... je ne sais plus !... C'est affolant !... Jamais un homme, depuis les temps préhistoriques, ne s'est trouvé dans la situation où je me trouve en ce moment !... Que feriez-vous, vous ?

— Oh ! moi, fit vivement M. Castillo, cela ne me regarde pas, et je n'ai aucun conseil à vous donner. »

Foulayac se prit la tête dans ses deux mains, pour réfléchir. Il est certain que le combat de tout à l'heure reprenait, à ce moment-là, dans son cœur. Il était partagé entre son très vif désir d'être deux fois millionnaire et la peur intense de se casser la figure.

Son hésitation dura une bonne grosse minute, et ce fut finalement la peur d'endommager sa personne qui l'emporta.

« Eh bien, non, non, fit-il, je n'accepte pas, je refuse !... Pauvre je suis né, pauvre je mourrai !

— A votre aise, répondit M. Castillo ; mais comme, d'ici ce soir, vous aurez peut-être changé d'avis, je reviendrai vers la fin de l'après-midi (oh ! en curieux, en curieux seulement !) savoir ce que vous aurez définitivement décidé. »

Au même moment, Estrella rentrait, suivie de Riquet, ses deux petits bras chargés d'une grosse gerbe de roses de France.

« Allons, viens, lui dit son père, viens ! »

Et, se tournant vers l'épicier, il ajouta :

« A ce soir ! »

Mais Foulayac était si préoccupé, si bouleversé par ce qui lui arrivait, qu'il ne l'entendit même pas.

CHAPITRE IV

LE SCANDALE DU « GLOBE D'OR »

A peine M. Castillo venait-il de sortir de la boutique, que Riquet, comprenant qu'il s'était passé quelque chose d'important entre son oncle et lui, demanda des explications à l'épicier, et ce dernier, en quelques mots, mit son neveu au courant de l'étrange aventure dont il venait d'être, bien malgré lui, le héros.

Riquet apprit donc ainsi, coup sur coup, la mort de M. Pigassol, dont il avait maintes fois entendu parler par son oncle, et l'invraisemblable testament qu'il avait laissé, testament par lequel il mettait son légataire éventuel dans l'obligation, pour entrer en possession de son héritage, de faire en aéroplane le voyage d'Albi à Lisbonne !

« Et vous avez refusé ? s'écria aussitôt le jeune mécanicien, enthousiasmé à la seule pensée de ce voyage aérien.

— Ah ! je te crois que j'ai refusé ! riposta vivement le gros Foulayac. ! Et l'héritage de Pigassol serait double, triple, quadruple, que je refuserais encore !... Je n'ai pas envie, pour être riche, de me rompre les os !

— Mais pourtant ?...

— Il n'y a pas de pourtant ! » fit péremptoirement l'oncle de Riquet.

Et, lui montrant les olives qui gisaient sur le plancher, il ajouta sèchement :

« Aide-moi à ramasser tout ça ! ».

Tous deux s'accroupirent : Riquet très facilement, car on est souple à son âge ; Foulayac, en soufflant comme une machine à vapeur, car il était fort gêné par son gros ventre. Et, pendant quelques secondes, ils ramassèrent, sans se dire un seul mot, les olives qui étaient à terre.

Ce silence — pendant lequel Riquet avait réfléchi à un tas de choses et vu en imagination l'admirable voyage qu'on aurait pu faire à travers les airs — ne dura guère, et ce fut presque inconsciemment que Riquet le rompit, en s'écriant, sans s'apercevoir de ce que cette interjection pouvait avoir d'irrespectueux à l'adresse de son oncle :

« Non, c'est trop bête !... C'est trop bête !...

— Quoi, qu'est-ce qui est trop bête ?

— De refuser une fortune, quand on n'a qu'à se baisser pour la prendre !

— Comment, à se baisser ? s'exclama Foulayac. Mais s'il n'y avait qu'à se baisser, je le ferais tout de suite !... Ce serait même déjà fait !... Ce qu'il y a de grave, c'est qu'il faut monter... et pas monter un escalier... monter pour de bon, à travers les airs, sans avoir rien au-dessous de soi !... Non, non, rien que d'y penser, ça me donne le vertige ! A d'autres de singer les oiseaux, si ça les amuse !... Moi, j'ai été créé et mis au monde pour vivre sur la terre, je resterai sur la terre ! ».

Et, pour marquer son intention bien arrêtée de ne jamais jouer les Icare, il frappa trois fois du pied le plancher de sa boutique, ce qui provoqua l'écroulement, du haut d'une planchette où ils étaient mal équilibrés, de deux ou trois bocaux, pleins de denrées coloniales.

« Allons, bon, s'écria Foulayac furieux, maintenant que les olives sont ramassées, voilà qu'il nous faut recommencer avec les noix muscades et la vanille !

— Recommençons, répondit philosophiquement Riquet, recommençons ! L'exercice est d'ailleurs une excellente chose pour la santé. Si vous aviez fait plus d'exercice dans votre vie, mon bon oncle, vous seriez certainement aujourd'hui moins gros et moins congestionné !

— Après tout, tu as peut-être raison !

— Voyons, mon oncle, dit Riquet, vous n'avez donc pas songé à tout ce que cette fortune vous permettrait de faire ?

— Si, répondit l'épicier, oh ! si !... Je vendrais tout de suite mon épicerie, et j'achèterais une jolie petite maison de campagne, que j'ai aperçue, l'autre jour, sur les bords du Tarn et où je vivrais tranquillement jusqu'à la fin de mes jours, en fumant de bonnes pipes et en pêchant à la ligne.

— Et c'est tout ce que vous feriez, si vous héritiez de ces deux millions ?

— Mais évidemment !... Je n'ai jamais eu beaucoup d'ambition, moi !

— Et Chaffourin, alors ?

— Quoi, Chaffourin ?

— Ce Chaffourin de malheur, qui vous a ruiné ? Vous n'auriez pas de plaisir, étant riche, à vous venger de lui ?

— Si ! Ah ! si !... s'écria Foulayac, dont les yeux, à cette seule perspective, s'illuminèrent d'une flamme de colère. Mais comment voudrais-tu que je me venge de lui ? On ne se venge pas des gens comme on veut !

— Allons donc !... Rien n'est plus facile, au contraire, quand on a le nerf de la guerre, c'est-à-dire l'argent ! »

Et, voyant qu'il avait touché son oncle à l'endroit sensible, au défaut de la cuirasse :

« Mon cher oncle, continua-t-il vivement, voulez-vous me répéter, je vous prie, pourquoi M. Chaffourin vous a pris toute votre clientèle ?

— Mais, je te l'ai dit, parce qu'il a ouvert, en face de la mienne, une boutique dix fois plus belle que celle-ci !

— Et pourquoi a-t-il pu faire cela ?

— Parce que... parce que... parce qu'il avait de l'argent pour le faire !

— Mais naturellement, pas pour autre chose !... Eh bien, mon oncle, ce que Chaffourin a fait contre vous, vous pouvez demain, si vous le voulez, le faire contre lui ! Vous n'avez, pour cela, qu'à accepter le testament de votre vieil ami Pigassol et à vous y conformer.

— Comment, tu voudrais ?

— Mais oui, mon oncle, mais oui !... Et, une fois riche, à vous le plaisir de la vengeance ! Enfoncé, le Chaffourin ;

IL FRAPPA VIOLEMMENT DU PIED

pulvérisé, le Chaffourin ! On établit ici une épicerie vingt fois plus belle que la sienne, avec une devanture tout en or, des glaces du haut en bas et des lumières dans tous les coins. Et ce sera bien le diable si les Albigeois et les Albigeoises, émerveillés et éblouis par toutes ces splendeurs, ne reprennent pas tous le chemin de l'épicerie Foulayac !

— Oui, oui, tu as raison ! s'écria l'épicier, tout à fait emballé par le juvénile enthousiasme de son neveu. D'ailleurs, en agissant ainsi, je ne me venge pas, je me défends.... je fais du commerce ! Or, quelle est l'âme du commerce ? La concurrence !

— Parbleu ! »

Et montrant le poing à l'épicerie rivale :

« Ah ! mon vieux Chaffourin, nous allons rire, s'écria Foulayac, nous allons rire ! »

Mais il avait à peine prononcé ces mots, que son front se plissa brusquement.

« Mais non, fit-il, mais non, tout cela est impossible !

— Impossible, pourquoi ?

— Parce que, pour réaliser ces beaux projets, il faudrait... faire l'oiseau !

— Eh bien ?

— Eh bien, non, décidément, non ! Je ne me sens aucune disposition pour ce métier-là !... Aucune ! »

Cette fois, ce fut Riquet qui se mit en colère et qui rageusement trépigna :

« Mais enfin, mon oncle, s'écria-t-il, pourquoi avez-vous tellement peur de vous lancer à travers l'espace ?... L'aviation est aujourd'hui un sport qui devient de plus en plus courant. Certes, les accidents d'aéroplane sont nombreux, et le seront encore. Mais à quoi sont-ils dus le plus souvent, ces accidents ?... A l'imprudence des aviateurs !... On n'a qu'à être prudent, et on évite les accidents.

— Tu crois ?

— Puisque je vous le dis, mon oncle. »

Foulayac se mit à se gratter l'oreille, ce qui indiquait toujours chez lui une grande inquiétude, puis il hocha deux ou trois fois la tête, comme s'il se disait « oui » à lui-même, et Riquet crut avoir partie gagnée.

Malheureusement, il lui fallut presque aussitôt abandonner ce fugitif espoir.

« Mais en admettant, fit Foulayac, que je me conforme aux clauses de ce testament ridicule, comment veux-tu que je conduise, à travers les airs, un aéroplane ?... Je ne suis même pas capable de conduire un âne attelé à une carriole !... Ah ! si seulement ces machines-là roulaient sur le sol, je ne dis pas !... »

Riquet ne voulut pas perdre son temps à expliquer à son oncle comment et pourquoi les aéroplanes, que l'on commence par faire rouler sur le sol, finissent ensuite, comme les cerfs-volants, par s'envoler à travers l'espace. Il avait, pour le moment, autre chose à faire : il avait à le décider à devenir aviateur.

Or, justement, Foulayac, sans s'en douter, venait de lui en fournir le moyen.

« Vous venez de me dire, mon oncle, que vous ne sauriez jamais conduire un aéroplane ?

— Jamais !

— Eh bien, mais, ne suis-je pas là, moi ?

— Toi ?

— Mais oui... Y a-t-il, dans le testament de M. Pigassol, que c'est vous, vous en personne, qui devez diriger l'appareil ?

— Non.

— Vous en êtes sûr ?

— Très sûr.

— Alors, tout va bien, tout va très bien !... Un aéroplane n'est pas, en somme, beaucoup plus difficile à manœuvrer qu'une automobile !... Je me charge de vous conduire à Lisbonne !

— Toi, Riquet ?

— Oui, moi, Riquet ! »

Et, comme l'oncle Foulayac, un peu interloqué, s'apprêtait à faire quelque nouvelle objection :

« Oh ! non, non, s'écria le petit mécanicien, plus un mot, plus un seul mot. L'affaire est entendue... Elle est dans le sac ! Songez à Chaffourin, mon oncle, à l'infâme Chaffourin ! »

Ces derniers mots eurent l'effet magique qu'en attendait Riquet : c'est-à-dire de clouer sur les lèvres entr'ouvertes de Foulayac, qui se refermèrent comme par enchantement, les « si » et les « mais » prêts à s'en échapper.

Et ce fut alors, chez le jeune apprenti, un débordement de joie folle. Riant, chantant et battant des mains, il se mit, comme un chevreau, à sauter et à gambader à travers la boutique, au risque de renverser tous les barils et toutes les bonbonnes !

Songez donc, il allait voir se réaliser un rêve qu'il avait fait bien souvent !... Il allait devenir un aviateur, un de ces hommes-prodiges qui ont réalisé, comme en se jouant, le problème, qui paraissait insoluble jusqu'ici, de la conquête de l'air, un de ces êtres extraordinaires et presque surhumains, dont on parle aujourd'hui jusque dans les plus humbles chaumières, et que le monde entier admire, fête et acclame !...

Et comme Riquet, en bon petit Albigeois qu'il était, avait une imagination très méridionale, il se voyait déjà planant là-haut, dans l'azur, dans le ciel.

Il se voyait passant, comme un bel oiseau blanc, au-dessus des villes et des villages, des coteaux et des montagnes, des vallées et des rivières. Il se voyait fuyant à tire-d'ailes les aquilons et les orages, circulant à travers les nuages et les arcs-en-ciel. Il se voyait évoluant à travers ces millions et ces millions d'étoiles qui clouent, le soir, leurs jolis points d'or à la voûte bleue du firmament.

Une nouvelle exclamation de son oncle le fit à nouveau tomber du haut de son rêve :

« Et encore, non !... s'écriait Foulayac. Ce n'est toujours pas possible !... Où veux-tu que je trouve de quoi acheter un aéroplane ?... Car ça doit coûter très cher, un aéroplane !... Or, étant donné le mauvais état de mes affaires, personne ne voudra me prêter un sou.

— Ne vous tracassez point de cela ! fit M. Castillo, qui venait de reparaître à la porte de la boutique. Je venais justement pour vous dire que j'avais à vous remettre une lettre particulière, de la part de M. Pigassol, au cas où vous vous décideriez à faire le voyage qu'il vous impose. »

Et ce disant, il tendit une enveloppe cachetée, et qui, effectivement, portait l'adresse de Foulayac.

Ce dernier la prit avec méfiance, et en se demandant si ce pli ne lui ménageait pas quelque nouvelle surprise désagréable. M. Castillo devina la crainte qu'il avait et le rassura tout de suite.

« Vous pouvez ouvrir sans crainte, lui dit-il. Notre ami Pigassol m'a dit,

IL REGARDAIT VOLER LES HIRONDELLES

avant de mourir, ce qu'il y avait dans cette enveloppe, et je vous certifie que vous n'avez pas, cette fois, à avoir peur.

— Vous me rassurez ! » répondit Foulayac.

Et, d'un doigt qui tremblait malgré tout encore un peu, il décacheta l'enveloppe.

Elle contenait un chèque de vingt mille francs, payable à vue, sur la Banque de France, et un papier blanc, sur lequel étaient écrits, de la main de Pigassol, ces simples mots :

« Pour achat d'un aéroplane et frais

approximatifs d'un voyage aérien d'Albi à Lisbonne!! »

Cette fois, Foulayac n'avait qu'à s'avouer vaincu, et c'est ce qu'il fit, en tirant du fond de ses entrailles un soupir si douloureusement comique, que M. Castillo et Riquet ne purent s'empêcher de rire de bon cœur.

« Alors, c'est décidé, demanda le banquier, vous irez en Portugal en aéroplane ?

— Il paraît, fit pour toute réponse l'épicier, il paraît !... »

Et son regard se porta machinalement vers le ciel, qu'on apercevait au-dessus des vitres de la devanture, et où se poursuivaient, en pépiant, des martinets et des hirondelles.

RIQUET COLLA LA PANCARTE

« Dire que je vais être obligé de faire comme ces oiseaux ! songeait-il mélancoliquement. Dire que je vais être obligé, moi aussi, pour planer, de faire des ronds à travers l'espace ! »

Mais M. Castillo, en lui faisant ses adieux, vint heureusement l'arracher à ses mélancoliques pensées.

« Allons, mon cher monsieur Foulayac, lui dit-il, il faut que je vous quitte, car nous allons, ma fille et moi, repartir aujourd'hui même pour Biarritz, où nous devons nous installer pour l'été. J'espère vous y revoir, quand vous y passerez pour vous rendre à Lisbonne, à moins que ce ne soit dans cette dernière ville, où je dois retourner après ma villégiature à Biarritz, que nous nous retrouvions... Adieu, et bonne chance ! »

Et le banquier portugais, serrant les mains de Foulayac et de Riquet, s'éloigna et regagna l'Hôtel de la Poste.

« Eh bien, qu'allons-nous faire maintenant ? demanda à son neveu le gros épicier, qui n'était pas encore revenu de sa stupeur.

— Dame, répondit Riquet, prendre toutes nos dispositions pour partir ! »

Avec une volubilité de paroles qu'il est impossible de décrire, Riquet expliqua à son oncle que la première chose à faire, pour pouvoir se rendre d'Albi à Lisbonne en aéroplane, c'était d'aller d'abord à Paris, afin d'y faire l'acquisition d'un de ces appareils.

« Tu crois que nous n'en trouverions pas un d'occasion à Toulouse ? » demanda le marchand, qui, tout ahuri d'avoir dans ses mains un chèque de vingt mille francs, n'envisageait déjà qu'avec regret la perspective de dépenser cette somme, qui représentait, en quelque sorte, pour lui une petite fortune.

La question était si saugrenue que Riquet ne put s'empêcher de lever les bras au ciel.

« Mais, mon oncle, dit-il, on n'achète pas un aéroplane comme on achète une paire de bottes ou une demi-douzaine de harengs saurs ! Les aéroplanes ne se construisent, pour le moment, qu'à Paris. C'est donc à Paris qu'il faut aller, quand on veut en acheter un.

— Soit, fit Foulayac, qui commençait maintenant à ne même plus avoir la force de lutter. Soit! nous irons à Paris!... Mais mon épicerie, pendant ce temps, qui est-ce qui la gérera?

— Personne !

— Comment, personne ?

— Voyons, mon oncle, puisque vous voilà maintenant millionnaire, car vous pouvez vous considérer d'ores et déjà comme deux fois millionnaire !! il est indigne de vous, reconnaissez-le, de tenir une petite épicerie de quatre sous...

— Tu crois ?

— Je ne fais pas que le croire,.... j'en suis sûr ! »

Et, avant que son oncle ait eu le temps de discuter avec lui, il courut à l'arrière-boutique et en revint avec un pot de peinture rouge. Après quoi, avisant un grand carton, qui se trouvait dans un coin du magasin, il confectionna, malgré une timide et dernière protestation de son oncle, une pancarte ainsi conçue, qu'il colla ensuite triomphalement à la devanture de l'épicerie, qu'il venait de clore : FERMÉ POUR CAUSE DE VOYAGE.

« Et maintenant, s'écria Riquet, satisfait de son œuvre, allons déjeuner.

— Oh ! avec plaisir, répondit Foulayac, car toutes ces émotions m'ont creusé. »

L'oncle et le neveu passèrent dans la salle à manger, attenante au magasin, où ils firent un repas pendant lequel, on le devine, la conversation roula uniquement sur l'aviation et les aéroplanes.

Foulayac ne se lassait pas de poser des questions à Riquet, et comme celui-ci, en sa qualité d'apprenti mécanicien, était assez au courant de la question, il y répondait de son mieux, c'est-à-dire fort bien.

En tout cas, cette conversation eut pour premier effet de tranquilliser un peu Foulayac, au sujet des dangers qu'il allait courir, et de le persuader petit à petit que le mode de locomotion aérienne est, somme toute, un mode de locomotion comme un autre.

« Mais oui, après tout, s'écria-t-il au dessert, en dégustant un verre de cassis qu'il venait de se verser, pourquoi n'irait-on pas dans les airs... tout comme on va sur terre... ou sur eau?

— Evidemment, riposta Riquet en riant, il n'y a aucune raison.

— Si, pourtant, fit Foulayac, en hochant gravement la tête, il y a les lois de la pesanteur !

— A quoi servent-elles, s'écria le petit mécanicien, qui voulait avoir réplique à tout, puisqu'on les a aujourd'hui vaincues, irrémédiablement vaincues ?

— Elles servent à vous faire faire quelquefois de belles chutes ! conclut sentencieusement le gros épicier.

— Bah !... s'écria Riquet, attendons d'en faire, pour y penser. »

Le déjeuner fini, Foulayac proposa à son neveu d'aller passer l'après-midi sur les Lices, pour entendre la musique militaire, et, comme bien on pense, la proposition fut acceptée de grand cœur.

Cependant, comme la musique ne devait avoir lieu qu'à trois heures, ils décidèrent d'aller auparavant s'asseoir, pendant quelques instants, à la terrasse du *Globe d'or*, qui est le café le plus élégant d'Albi, car ils pourraient de là, tout en savourant des glaces, voir défiler sous leurs yeux toutes les élégances de la ville.

La première personne qu'ils y remarquèrent fut M. Chaffourin, qui, installé à une table voisine, dégustait avec une longue paille une menthe verte !

Les deux ennemis, lorsqu'ils s'aperçurent, eurent l'un pour l'autre un regard de mépris, mais hâtons-nous de dire que ce fut certainement Foulayac qui accentua le plus ce regard et s'efforça d'y mettre tout ce qu'il avait, au fond de son cœur, d'amertume et de haine pour son rival. Chaffourin esquissa un léger sourire, qu'il tâcha aussitôt de dissimuler le mieux qu'il le put, en baissant le nez vers sa consommation.

Cependant Foulayac, furieux d'avoir

retrouvé là son concurrent, ne tenait pas en place et trépignait.

« Pourquoi me regarde-t-il comme ça ? s'écria-t-il au bout de quelques instants. C'est sans doute pour me narguer !

— Mais, mon oncle, je vous assure qu'il ne vous regarde même pas ! » répondit vivement Riquet, s'efforçant de calmer le bonhomme.

Et, pour éviter une scène qu'il pressentait, il ajouta :

« Allons, venez, mon oncle ! Allons à la musique ! »

Mais Foulayac ne voulut rien entendre.

« Il ne sera pas dit, s'écria-t-il, que je m'en irai parce qu'il est là !... Je suis ici, j'y reste ! »

Et, pour bien affirmer sa volonté de ne pas bouger, il donna un tel coup de poing sur la table, que celle-ci, subitement inclinée, se mit à pivoter sur un de ses pieds et s'écroula avec les consommations qu'elle supportait, sur le groupe voisin, où se trouvait M. Chaffourin.

Le patron de l'Epicerie Moderne poussa un cri, mais n'eut pas le temps de se garer... Il venait de recevoir, sur son beau pantalon de flanelle, d'une blancheur impeccable, tout le contenu, à moitié fondu, d'une glace au chocolat ! Ce fut, dans le café, un éclat de rire homérique.

« Ah! çà, monsieur, s'écria Chaffourin hors de lui, et en marchant, menaçant et les poings tendus, vers Foulayac, vous venez de le faire exprès ?

— Et quand cela serait ? riposta le gros épicier, à qui la fureur donnait un courage qu'il n'aurait jamais eu, en temps ordinaire.

— Eh bien, en ce cas, vous allez me faire des excuses... des excuses publiques... ou sinon...

— Jamais ! cria Foulayac, d'une voix de stentor, jamais ! »

Un frisson de terreur courut parmi les clients du café, car on eut, pendant quelques secondes, la sensation que Chaffourin, dont les yeux flamboyaient de colère, n'allait faire qu'une bouchée de son adversaire.

Mais celui-ci avait vivement reculé, et s'était prudemment mis à l'abri derrière une table qu'occupaient deux vieilles demoiselles en train de déguster des sirops d'orgeat.

Aussi, M. Chaffourin, ne pouvant maîtriser l'élan qu'il avait pris, culbuta-t-il les deux dames, qui roulèrent à terre en même temps que leur table et leurs consommations, en poussant des cris perçants, qui eurent pour effet d'attirer devant la terrasse du café les deux ou trois cents personnes qui se promenaient, à ce moment-là, sur la place.

En même temps, un tumulte général s'était produit au *Globe d'or*, où tout le monde, debout sur les chaises, criait et gesticulait à la fois, tandis que Chaffourin s'était mis, à travers les tables, à la poursuite de Foulayac, qui fuyait éperdu.

Les tasses, les soucoupes, les verres, les carafes, les sucriers, les siphons volaient à travers les airs, et, pendant quelques instants, ce fut comme si une armée de fous s'était tout à coup abattue sur ce malheureux établissement, à la porte duquel le patron était apparu et, en présence de l'irrémédiable désastre, dressait vers le ciel des bras affolés et suppliants.

Quant aux consommateurs qui, au milieu de tout cela, avaient conservé leur sang-froid, ils avaient pris parti, les uns pour Chaffourin, les autres pour Foulayac, et l'on n'entendait plus que ces cris, qui se croisaient :

« A toi, Chaffourin !... A toi, Foulayac !... A toi, Chaffourin !... A toi, Foulayac !... »

Combien dura ce scandale ? Dix minutes, un quart d'heure peut-être. Ce qu'il y a de certain, c'est que, quand la police arriva pour séparer les belligérants, il n'y avait plus, au café du *Globe d'or*, une seule table ni une seule chaise intactes !... Tout gisait à terre, cassé, brisé, en mille miettes. On eût dit qu'on s'était battu là pendant des journées et des journées.

Seuls, parmi tous les combattants, Chaffourin et Foulayac n'étaient pas arrivés à s'atteindre. L'avaient-ils fait exprès? Nul ne le sut jamais.

Cependant, pendant la bataille, une automobile, qui passait sur les Lices, s'était, sur l'ordre de son propriétaire, arrêtée au bord de la chaussée. C'était celle de M. Castillo. Celui-ci en descendit aussitôt et demanda à un passant quelle était la cause d'un pareil tumulte.

CE FUT BIENTOT, AU GLOBE D'OR, *UNE MÊLÉE GÉNÉRALE*

On lui en donna les raisons, et le banquier portugais ne put s'empêcher de sourire.

Mais, pendant ce temps, Foulayac et Chaffourin, chacun maintenu par une demi-douzaine de partisans, qui s'étaient accrochés aux pans de leurs vêtements pour les empêcher de se battre (à quoi bon, d'ailleurs, car ils n'en avaient peut-être, au fond, aucune envie !...) se narguaient encore d'un air de défi !

« Oui... oui... tout Chaffourin que vous êtes, glapissait l'oncle de Riquet, je n'ai pas peur de vous, allez !...

— Ni moi de vous, croyez-le bien.

— Et puisque nous nous trouvons face à face, je tiens à vous dire une chose devant tout le monde...

— C'est ?...

— C'est que je vais faire un héritage de deux millions, prononça triomphalement Foulayac, et que, ces deux millions, je les emploierai, s'il le faut, jusqu'au dernier sou pour vous ruiner.

— Vraiment ?

— Jusqu'au dernier centime!

— Eh bien, c'est ce que nous verrons !... riposta Chaffourin hors de lui. C'est ce que nous verrons !... »

Riquet, qui trouvait que son oncle aurait beaucoup mieux fait de se taire, l'entraîna aussi rapidement qu'il put, de façon à mettre fin à une aussi pénible scène, et tandis qu'il s'éloignait avec lui dans la direction des Lices, M. Castillo remonta dans sa voiture, en murmurant entre ses dents :

« Oh ! oh ! si Chaffourin, une fois renseigné, essaie de se mettre en travers des projets de Foulayac, le voyage de celui-ci ne va vraiment manquer ni d'imprévu, ni d'intérêt! »

CHAPITRE V

FOULAYAC DEVIENT ENFIN AVIATEUR

Le lendemain, sur le coup de six heures, Chaffourin fit, comme à son habitude, son apparition à la porte de son magasin, et son étonnement fut grand, en s'apercevant que l'épicerie de son ennemi Foulayac, qui, en général, était toujours ouverte avant la sienne, était, ce jour-là, encore hermétiquement close.

Son étonnement se changea en inquiétude, lorsqu'il eut remarqué la pancarte : « Fermé pour cause de voyage », qui se trouvait à cette devanture :

« Ah ! çà, se dit-il, est-ce que Foulayac, hier, m'aurait dit la vérité ? Est-ce que, par hasard, il serait sur le point de faire, ainsi qu'il l'a annoncé, un héritage de deux millions ?... Oh ! oh ! j'ouvrirai l'œil ! »

Il n'eut pas le temps d'en dire davantage, car des ménagères, se présentant au même moment pour faire leurs emplettes, le forcèrent à rentrer dans sa boutique.

Cependant, quelques minutes plus tard, tout en servant ses clients, il put apercevoir un omnibus de la gare qui s'arrêtait devant l'épicerie du Pain de sucre, et dans lequel on chargea aussitôt des malles, des valises et des cartons.

« Oh ! oh !... se dit M. Chaffourin, décidément, Foulayac part ! Où va-t-il ?... Voilà la question ! »

Au même moment, en effet, le gros épicier montait en voiture, après avoir jeté un long regard de défi à l'Epicerie Moderne, puis prenait le chemin de la gare, tandis que Riquet, enfourchant sa motocyclette, précédait allégrement l'omnibus.

Et pendant plusieurs semaines, M. Chaffourin — et il n'y eut cependant pas de jour qu'il ne pensât à lui — n'entendit plus parler de son ennemi Foulayac.

La première étape du voyage de Riquet et de son oncle fut naturellement Toulouse, où le petit mécanicien fut obligé de s'arrêter pour expliquer à son patron le voyage qu'il était forcé d'entreprendre, et lui demander un congé de trois mois, temps qu'il jugeait approximativement nécessaire pour mener à bien l'entreprise.

M. Landrimel, fort intéressé par ce qu'il apprenait, accorda, bien entendu, le congé demandé, et il promit même à Riquet, ce dont il fut très fier, de se rendre en personne à Albi, pour assister à son départ, le jour où il partirait en aéroplane à destination de Lisbonne.

Cette première formalité remplie, Foulayac et son neveu allèrent déjeuner dans l'un des élégants restaurants de la place Lafayette, et, à une heure précise, confortablement installés dans un wagon de première classe (un futur millionnaire n'a plus rien à se refuser!), ils prirent la direction de Paris.

Ah ! certes, leur cœur battit bien fort lorsque retentit le coup de sifflet du départ ! Songez donc que ni l'un ni l'autre n'avaient beaucoup voyagé, et que tous les pays qu'ils allaient traverser étaient à peu près nouveaux pour eux.

Mais, autant Riquet avait le cœur en joie, en songeant à toute cette romanesque aventure, dont il espérait déjà, avec sa folle imagination, les plus amusants lendemains, autant, au contraire, Foulayac, d'esprit calme et pondéré, sentait tout son être envahi par une sorte de mélancolie, et surtout d'appréhension de l'avenir.

Où allait-il ainsi ? Au-devant de quels dangers, de quelles catastrophes, de quelles complications d'existence!... Car enfin, il faut bien le dire, il avait pris une résolution joliment hasardeuse, en fermant pour si longtemps son épicerie. Les quelques clients qui lui restaient encore n'allaient-ils pas, pendant ce temps, prendre le chemin de l'épicerie rivale?...

Et à supposer, ce qui était très possible, après tout, qu'il n'arrivât point à remplir l'excentrique clause du testament de son ami Pigassol, n'était-ce pas pour lui la ruine, la ruine définitive et irrémédiable ?

La voix claire et joyeuse de Riquet, qui, le nez collé à la vitre du compartiment, regardait la fuite éperdue du paysage, l'arracha à ses méditations.

« Oh ! regardez, mon oncle, regardez ! »

Et il montrait à son oncle les villes et les villages gracieusement étagés sur les collines ou perdus au milieu des verdures naissantes.

Riquet, qui cependant avait souvent roulé en automobile sur les grand'routes, ne se lassait pas d'admirer. Le moindre hameau, la moindre ferme, le plus petit coin de forêt ou de prairie lui arrachait des cris de surprise et de joie.

Enfin, sur le coup de minuit, on arriva à Paris, et là, une question, à laquelle ils n'avaient pas encore réfléchi, se posa pour nos deux voyageurs : où allaient-ils loger ?

Riquet tint pour le Grand Hôtel, sous prétexte qu'un futur millionnaire ne pouvait habiter qu'un bel hôtel moderne, et ce fut son avis qui, finalement, prévalut !

Les voilà donc sautant dans un taxi-automobile, traversant la Seine au pont des Tuileries, puis, gagnant les grands boulevards par cette admirable place de la Concorde, qui, avec tous ses réverbères, offre, le soir, un aspect si féerique, et cette magnifique rue Royale, où les cafés à la mode répandent, chaque nuit, la gaieté aveuglante de leurs éclairages électriques.

« Oh ! mon oncle, mon oncle, mais nous ne sommes pourtant pas au quatorze juillet pour que tout soit éclairé ainsi ? » s'exclamait Riquet, qui, derrière les vitres du taxi-auto, écarquillait les yeux pour mieux voir.

Il n'oubliait qu'une chose, c'est qu'il était à Paris.

Dire qu'ils dormirent tous deux, cette nuit-là, serait un peu exagéré. D'ailleurs, on dort mal, après une

ILS S'ÉMERVEILLAIENT DES BEAUTÉS DE PARIS

journée de chemin de fer, quand les oreilles sont encore pleines de la trépidation des wagons et du sourd ronronnement de la machine. Mais il y avait aussi, cette fois, une autre raison pour que leur sommeil fût agité.

C'était l'impatience, l'impatience fébrile qu'ils avaient tous deux d'être au lendemain matin, pour faire connaissance avec Paris !

Aussi, malgré les fatigues de la veille, furent-ils debout dès la première heure, et, aussitôt leur toilette faite, descendirent-ils dans le hall de l'hôtel pour prendre leur petit déjeuner et commencer ensuite la visite de Paris.

Mais là, comme par un fait exprès miraculeux, une surprise les attendait.

Cette surprise, c'était une grande affiche, qu'ils n'avaient pas remarquée la veille au soir, et qui couvrait tout un panneau du hall d'entrée.

Cette affiche annonçait, pour le jour même, l'ouverture d'une grande semaine d'aviation à l'aérodrome de Juvisy.

« Oh ! mais, voilà notre affaire !... s'écria Riquet. Tous les aviateurs connus doivent faire des essais, cette semaine, à Juvisy. C'est là qu'il nous faut aller pour faire connaissance avec les aéroplanes.

— Tu as raison !... répondit Foulayac. Nous irons dès demain à Juvisy.

— Comment, dès demain ?... Mais c'est aujourd'hui qu'il faut y aller, aujourd'hui même !

— Et notre visite de Paris?

— Nous avons le temps, car Paris ne s'envolera pas, tandis que les aéroplanes...

— S'envolent !

— Vous l'avez dit, mon oncle. »

Foulayac comprit qu'il était absolument inutile de discuter avec son neveu, et, à onze heures précises, après avoir déjeuné aussi rapidement que possible dans un restaurant du boulevard, ils se rendirent à pied à la gare du quai d'Orsay.

Une affluence considérable de voyageurs s'y trouvait déjà.

Tous ces voyageurs, mus par un même sentiment de curiosité, se rendaient, en effet, à l'aérodrome, dans le but d'assister, en même temps qu'à un spectacle nouveau, à l'une des plus belles manifestations du progrès humain.

La Compagnie avait, pour la circonstance, ouvert plusieurs guichets, où l'on délivrait des billets pour Juvisy, et devant chacun de ces guichets se pressait une interminable queue de voyageurs, qui s'impatientaient, gesticulaient et criaient à la fois.

Enfin, après une heure d'attente, Foulayac et Riquet purent avoir des billets et prendre place dans un des nombreux trains en partance, où, à raison de vingt à vingt-cinq voyageurs par compartiment, tout ce flot humain s'engouffra.

Et la foule que tous ces trains déversèrent sur l'aérodrome fut, d'après les estimations les plus modestes, évaluée à plus de trois cent mille personnes.

Trois cent mille personnes !... S'imagine-t-on, de sang-froid, ce que représente une pareille agglomération de monde ?

Mais, s'ils avaient payé cher leur plaisir, quel admirable spectacle eurent, ce jour-là, Foulayac et Riquet !

Au-dessus de cette foule innombrable et qui, dans les tribunes et sur la pelouse, trépignait et hurlait, faisant retentir les airs de ses bravos et de ses cris d'enthousiasme, cinq ou six grands oiseaux blancs, gracieux et légers, décrivaient de larges cercles réguliers, avec une aisance et une facilité qu'on ne peut vraiment s'imaginer que lorsqu'on l'a vu.

Ces grands oiseaux blancs, c'étaient des aéroplanes !...

Ici, un imposant biplan, s'élançant du pied d'un pylone, partait noblement à la conquête de l'air. Là, un frêle monoplan, pareil à une mouette, s'élevait brusquement dans l'atmosphère, à une telle hauteur que l'œil qui le suivait le perdait presque de vue !...

Le spectacle, par cette belle journée d'avril, était féerique et, à voir dans le ciel radieux et ensoleillé cette flottille aérienne, on eût pu croire par instants que, comme dans les anciennes pièces du Châtelet, une fée bienfaisante vous avait tout à coup transporté dans un pays de chimère et de rêve.

D'ailleurs, tous les aviateurs célèbres étaient présents ce jour-là, et ils firent tour à tour des vols, que la foule enthousiasmée acclama, sans indiquer de préférence pour l'un ou pour l'autre.

Il y avait, dignes représentants de l'Amérique, les deux frères Wright, le célèbre aviateur Blériot, à qui l'on doit, sur un fragile monoplan, la première traversée de la Manche ; Paulhan et Latham, qui, l'un sur un biplan et l'autre sur un monoplan, semblaient vouloir se disputer le record de la hauteur ; le comte de Lambert, qui, le premier, accomplit la prouesse folle d'évoluer en aéroplane au-dessus de Paris ; les frères Farman, qui, après avoir été des cyclistes émérites, puis des chauffeurs de premier ordre, ont aussi voulu inscrire leur nom sur le Livre d'or du nouveau sport, et enfin Santos-Dumont, qui, sur le plus petit des aéroplanes connus, faisait vibrer, à chaque instant, la foule par la précision mathématique de ses manœuvres hardies.

Il faut, je le répète, avoir assisté à une belle journée d'aviation, pour se rendre compte de tout ce qu'un pareil spectacle peut procurer d'émotion et soulever d'enthousiasme.

Mais voilà que, vers six heures, comme la fête battait son plein, et que les aviateurs rivalisaient de hardiesse pour accomplir des vols magnifiques et battre leurs propres records, un vent assez violent se mit à souffler du nord-est, et l'on fut presque instantanément obligé de hisser l'oriflamme qui indiquait que les essais de la journée étaient terminés.

Ce fut alors, vers la gare, une ruée formidable.

Les trois cent mille personnes qui se trouvaient, à ce moment-là, sur l'aérodrome de Juvisy, se précipitèrent à la fois, par les trois ou quatre chemins qui y conduisent, vers la gare ; celle-ci, en un clin d'œil, fut prise d'assaut et envahie par ce flot humain, comme elle l'aurait été par un raz de marée !

En moins de temps qu'il n'en faut pour l'écrire, les barrières furent renversées, les portes enfoncées, les salles d'attente saccagées, et les quais envahis. Et comme il arrivait toujours et toujours du monde, les spectateurs poussés contre les convois qui attendaient pour partir, se déversèrent bientôt sur la voie elle-même, au risque de se faire écraser par les rapides et les express qui, de temps à autre, brûlaient la petite station avec la rapidité d'un éclair.

Foulayac et son neveu rentrèrent fort tard à Paris, mais, malgré les petits ennuis qu'ils avaient pu éprouver au cours de la grande journée de Juvisy, ils en rapportèrent comme un éblouissement, comme un émerveillement. Ne venaient-ils point, en effet, d'assister à l'un des plus émotionnants et des plus passionnants spectacles qu'il soit possible d'imaginer : des hommes volant, comme des oiseaux, à travers l'espace !

Pendant toute la semaine, sur l'aérodrome où se continuaient les essais de nos aviateurs, on ne vit plus qu'eux, regardant tout, furetant partout, questionnant les uns et les autres.

D'ailleurs, tous les employés des divers garages à qui ils s'adressaient se mettaient en quatre pour leur être utiles ! Ils purent donc ainsi, sans trop de difficulté, se renseigner sur les avantages ou les désavantages respectifs des divers appareils qu'ils voyaient : biplans et monoplans, c'est-à-dire appareils à deux ou à un seul plan.

Les monoplans leur parurent plus gracieux, plus élégants, et ils se décidèrent pour un aéroplane de ce type.

D'ailleurs, les monoplans étant des aéroplanes essentiellement français, cela flattait leur patriotisme, et ce n'était point là non plus, pour eux, une chose négligeable.

Après bien des hésitations et des tergiversations, ils choisirent enfin un appareil dont tout le monde leur disait merveille, un monoplan Périnot. C'était un petit aéroplane fin, léger, qui, au repos, avait l'air d'une mouette prenant son vol, et qui, une fois dans l'espace, avait l'aspect d'une immense libellule.

« Dire qu'il va être à nous ! se disait Riquet, en le contemplant avec admiration. Dire surtout que je vais monter là dedans, et que c'est grâce à lui que je pourrai m'envoler là-haut, tout là-haut, à travers le ciel ! »

Mais, tandis qu'il pensait ainsi à ses

futures prouesses aériennes, Foulayac suivant M. Périnot dans son bureau, s'était occupé de l'acquisition de l'appareil, ce qui ne fut pas chose facile, car cet appareil étant un des premiers modèles de l'année, son constructeur ne voulait tout d'abord pas s'en dessaisir.

Cependant, Foulayac ayant expliqué quel grave intérêt il avait à en faire l'achat immédiat, le constructeur, qui en même temps qu'un habile ingénieur, était aussi un très adroit commerçant, se rendit tout de suite compte de la réclame excellente que ferait cette vente à sa maison.

Il consentit donc à céder le monoplan pour la somme de dix mille francs.

Cela fait, Foulayac rejoignit Riquet qui était toujours en contemplation devant le bel oiseau.

« L'appareil est à nous ! lui dit-il, du plus loin qu'il l'aperçut.

— Oh ! quel bonheur ! s'écria Riquet, fou de joie et en sautant au cou de son oncle. Nous voilà des aviateurs, comme les Farman, les Blériot, les Latham !... Nous voilà, nous aussi, des hommes de l'air !... »

En effet, aussi invraisemblable, aussi inimaginable que cela parût, c'était pourtant là la vérité : Prosper Foulayac, petit épicier à Albi il y a deux jours, était maintenant, ou plutôt allait être un aviateur !...

Mais le plus difficile restait maintenant à faire : apprendre à se servir de cet appareil.

« Ça, fit Riquet avec assurance, je m'en charge ! »

Et, dès le lendemain, ainsi qu'il avait été convenu lors de l'acquisition de l'aéroplane, l'apprentissage du jeune homme commença, sur ce même aérodrome de Juvisy.

Or, comme Riquet, nous le savons, était déjà un mécanicien fort expérimenté, cet apprentissage fut, en quelque sorte, pour lui un jeu d'enfant.

Saisissant au vol (c'est le cas de le dire !) tout ce qu'on lui apprenait, se rendant compte en quelques secondes de toutes les difficultés, devinant, sans presque qu'on les lui indiquât, tous les secrets de ce mécanisme ingénieux et délicat qu'est un mécanisme d'aéroplane, montrant en tout une intelligence des plus rares, il fit l'étonnement de tous ceux qui assistaient à ses leçons et, en particulier, de l'ingénieur qui avait été chargé par la maison Périnot de l'initier aux mystères de l'aviation.

Aussi, ce dernier déclara-t-il, au bout de huit jours, qu'il n'avait plus rien à apprendre à son jeune élève, et que celui-ci était maintenant, aussi bien que lui, en mesure de conduire le gracieux monoplan.

Et ce fut, ce jour-là, une grande joie pour Foulayac, qui, en bon oncle qu'il était, avait assisté à tous les essais de son neveu. Les deux millions de l'ami Pigassol, qui, jusque-là, lui avaient paru un peu chimériques, se précisaient à présent dans ses rêves d'une façon plus nette et plus solide, puisqu'il avait maintenant à son service tout ce qu'il fallait pour aller les chercher, à travers ciels et nuages : c'est-à-dire un aéroplane et un conducteur.

Il fut donc décidé qu'on repartirait le plus vite possible pour Albi, car on ne sait jamais ce qui peut arriver en voyage. Il valait mieux, en effet, avoir devant soi une belle marge de temps, de façon à être certain d'arriver à Lisbonne dans le délai de trois mois exigé en son testament par l'excentrique Pigassol, à partir du moment où ce testament aurait été porté à la connaissance de Foulayac.

Or, un peu plus d'un mois s'était déjà écoulé, depuis ce moment-là !... Restait donc, pour accomplir l'aventureux voyage, un peu moins de deux mois.

C'était suffisant, mais ce n'était pas trop, étant donnés les mille et un incidents, ignorés et imprévus, qui peuvent, en somme, arriver, avec ce genre tout nouveau de locomotion.

On fit donc rapidement tous les préparatifs, et le départ pour Albi fut résolu pour le lendemain.

Mais voilà que, la veille de ce grand jour, Foulayac, se promenant sur les boulevards, acheta machinalement un journal du soir à un camelot qui passait.

Et, dans ce journal, qu'est-ce qu'il vit ?... Une manchette en énormes caractères et qui portait ces mots, dont la seule lecture fit battre son cœur à coups précipités : Un legs original. — Un épicier aviateur.

Il n'y avait pas à en douter, c'était de lui qu'il s'agissait !...

Il lut aussitôt l'article et y trouva en effet, relatée dans ses moindres détails, sa propre histoire.

Mais, à la suite du récit, il y avait des commentaires, qui n'étaient guère aimables pour lui, car l'article finissait par ces mots :

« M. Foulayac, qui ne brille pas « précisément par l'audace, n'aurait « certainement pas accepté ce legs « original, malgré tout le désir qu'il « a de devenir millionnaire, si, à ses « côtés, ne s'était trouvé son neveu « Riquet, un simple gamin de treize « ans, qui vient de faire triomphale- « ment son apprentissage d'aviateur, « et s'apprête à conduire son oncle, à « travers les airs, à la conquête de ces « fabuleux millions.

« Autrefois, c'étaient les oncles qui « dirigeaient les neveux... Voilà au- « jourd'hui que ce sont les neveux qui « mènent les oncles !...

« Autres temps !... Autres mœurs ! »

Foulayac, furieux et piqué au vif, froissa le journal avec rage.

« Ah ! çà, qu'est-ce que cela signifiait ?... Qu'est-ce que cela voulait dire ?... Voilà que les journaux se moquaient de lui, maintenant ? Voilà qu'on voulait le faire passer pour un être pusillanime et lâche ! Ah ! mais non ! ah ! mais non ! il ne le supporterait pas ! »

Et, pressant le pas, il reprit le chemin du Grand Hôtel, où il trouva son neveu Riquet, en train de faire les paquets.

« Lis !... » lui dit-il, en lui tendant le journal d'un air tragique.

Riquet lut l'article, en étouffant la forte envie de rire qu'il avait.

« Eh bien, lui demanda son oncle, eh bien ?

— Eh bien, quoi ?...

— Comment : eh bien, quoi ?... Mais veux-tu m'expliquer, je te prie, pourquoi les journaux se moquent de moi et m'attaquent ainsi ?

« C'EST MOI SEUL QUI CONDUIRAI ».

— Mon Dieu, mon oncle, mais c'est tout naturel !

— Naturel !... naturel !... s'exclama Foulayac, prêt à éclater de colère.

— Mais évidemment, voilà quinze jours que je fais mon apprentissage d'aviateur à Juvisy. Vous avez assisté à toutes les leçons que j'ai prises, et pas une seule fois, vous entendez bien, pas une seule fois, vous n'avez, malgré les offres qu'on vous a faites, consenti à monter dans un aéroplane. On en a conclu que vous n'étiez pas très audacieux,... que vous aviez peur. D'où cet article, un peu ironique évidemment, mais qui, au fond, n'est pas bien méchant, avouez-le.

— Eh bien ! je vais leur montrer si je suis un lâche ! s'écria noblement le gros épicier, en prenant une attitude de tragédien, qui contractait singulièrement avec son aspect placide.

— Que voulez-vous donc faire ? demanda Riquet, subitement inquiet.

— Apprendre, moi aussi, et dès demain, à diriger un aéroplane !...

— Vous, mon oncle ?

— Oui, moi... car c'est moi, moi seul, qui conduirai pendant le voyage. »

La foudre serait, à ce moment-là, tombée sur la tête de Riquet, qu'il n'aurait pas été plus abasourdi.

Son oncle, ne se contentant plus d'être simple passager sur l'aéroplane, voulant conduire lui-même l'appareil ! C'était de la folie, de la folie pure !

Riquet voulut prouver à son oncle quelles complications de toutes sortes allait créer la subite et absurde détermination qu'il venait de prendre. Il s'efforça, du mieux qu'il put, de lui faire observer combien il allait avoir de peine à apprendre un métier dont il ne connaissait pas, en somme, le premier mot, et combien, en conséquence, cela allait retarder leur départ. Il lui fit surtout envisager l'éventualité terrible où, par suite de ce retard, on n'arriverait pas à Lisbonne dans le délai voulu... Rien n'y fit... Rien !...

Et Riquet, obligé de s'incliner devant l'entêtement de son oncle, comprit combien la vanité et l'orgueil sont des sentiments maladroits et dont il faut savoir se garder.

Le lendemain, donc, commença l'apprentissage de Foulayac, et ce fut, il faut bien le dire, pendant quelques jours, pour tous les habitués de l'aérodrome de Juvisy, un sujet, sans cesse renouvelé, de joie et de plaisanteries de toutes sortes.

Foulayac était d'une maladresse dont on ne pouvait se faire une idée.

Il ne montait, chaque fois, dans l'aéroplane où l'attendait en riant son professeur, qu'avec des terreurs folles.

Puis, une fois dans l'appareil, et dès que celui-ci, après avoir roulé pendant quelques secondes sur la pelouse, prenait contact avec l'atmosphère et s'enlevait, c'étaient des cris inarticulés, ou des phrases rauques et qui pouvaient à peine s'échapper de sa gorge contractée par la peur.

« Ah ! assez ! assez ! criait-il. Descendons !... J'ai le vertige !... Je n'y vois plus !... Je ne peux plus respirer !... Je vais tomber !... »

L'aviateur craignant de voir le gros Foulayac qui, à ses côtés, se dressait éperdu, faire un mouvement maladroit et tomber dans le vide, faisait aussitôt descendre l'appareil et atterrissait mollement au milieu de la prairie, tandis que tous les spectateurs, présents, ce jour-là, sur l'aérodrome, accouraient, en se demandant ce que voulait dire la brièveté de ce vol.

« Mais, Monsieur Foulayac, vous n'arriverez jamais à voler, si vous ne maîtrisez pas davantage vos nerfs, ne cessait de lui répéter son professeur.

— Mais si, ripostait aussitôt notre épicier, un peu vexé, je sens que ça vient !... Je commence à m'y faire ! Repartons ! »

Hélas ! on avait beau repartir ; il n'en fallait pas moins, au bout de quelques secondes de vol, regagner précipitamment la terre ferme !

Ce petit manège dura environ huit jours, et, au bout de ces huit jours, M. Foulayac n'était pas plus avancé que le premier.

« Je vous assure, mon oncle, lui dit alors, pour la vingt ou trentième fois, Riquet, que vous devriez y renoncer... Nous allons nous mettre en retard !

— Mais non, mais non, répétait Foulayac, avec un entêtement obstiné et qu'aucun raisonnement humain ne serait arrivé à vaincre, je sens que je commence à m'y faire ! »

Après une nouvelle semaine de leçons, Foulayac n'était encore arrivé à aucun résultat appréciable. Ou, du moins, le seul résultat qu'il avait obtenu, c'était de s'être un peu débarrassé de la peur nerveuse qui, quelques jours plus tôt, s'emparait de lui, dès qu'il s'installait dans l'appareil. Quant à connaître le mécanisme de l'aéroplane, il ne fallait point qu'il y songeât jamais, car, au bout de quinze jours de travail, il confondait encore toutes les manettes et tous les leviers !

Cela faillit même lui coûter assez cher.

Ce jour-là, comme son professeur s'était attardé à causer avec un de ses amis, Foulayac, pour montrer peut-être aux personnes présentes qu'il n'avait peur de rien, monta tout seul sur le monoplan, et, une fois assis devant le volant, à la place du mécanicien, voulant émerveiller la galerie, il se mit à tapoter au hasard tout ce qui, sur l'appareil, dont le moteur avait été préalablement mis en marche, se trouvait à portée de la main.

Et voilà alors que, subitement l'aéroplane était parti à toute vitesse sur le sol, puis, au bout d'une cinquantaine de mètres environ, s'était élevé dans les airs !

Un même cri, un cri de terreur, s'était échappé de toutes les poitrines, et Riquet, qui assistait à la scène, sentit ses jambes se dérober sous lui, en même temps qu'une sueur glacée inondait tout son corps.

Son oncle était seul, à dix mètres de haut, livré à lui-même... ou plutôt au caprice de l'aéroplane !...

Qu'allait-il se passer ?... Qu'allait-il advenir ?

Et tandis que tout le monde, autour de lui, s'affolait et criait, Riquet, n'osant plus regarder au-dessus de sa tête, ferma les yeux.

Le drame, — ce drame de l'air, — ne dura heureusement que quelques secondes, mais quelques secondes qui, pour tous ceux qui y assistèrent, parurent un siècle.

En effet, dès que Foulayac s'était aperçu que le monoplan roulait sur le sol, il avait tout lâché, en criant :

« Au secours ! Au secours ! »

Mais, en lâchant tout, il avait sans s'en douter, et par bonheur pour lui, coupé l'allumage du moteur, si bien que l'aéroplane, qui, entraîné par son mouvement en avant, avait pris, pendant quelques secondes, contact avec l'air, retombait presque aussitôt sur la pelouse, comme un grand oiseau que la balle d'un chasseur aurait tout à coup blessé à mort.

Il y eut un nouveau cri parmi la foule, et tout le monde se précipita vers l'appareil, d'où le gros Foulayac, contre l'attente générale, sortit sain et sauf, mais l'air affolé.

« *AU SECOURS! AU SECOURS!* »

En même temps, Riquet rouvrit les yeux, et il vit son oncle, que tout le monde entourait et palpait, pour voir s'il n'avait rien de cassé. Et, à son tour, il courut à lui.

« Oh ! mon oncle, mon oncle ! s'écria-t-il. Quelle peur vous venez de nous faire !... Vous n'êtes pas blessé, au moins ?

— Mais non, mais non ! » répondit Foulayac, qui peu à peu s'était ressaisi, d'un petit ton indifférent et plein de désinvolture, que Riquet, tout d'abord, ne remarqua même point.

Puis, comme tout le monde le regardait, le gros épicier ajouta, en haussant dédaigneusement les épaules, avec un air de suffisance qu'il est impossible de décrire :

« Quand je vous le disais qu'il ne me faudrait pas plus de quinze jours pour apprendre à voler ! »

Riquet, bouche bée, en laissa tomber ses deux bras d'ahurissement. Son oncle, plaisantait-il ou parlait-il sérieusement !... Il l'observa quelques secondes, et comprit qu'il ne plaisantait pas. Et cela l'aurait certainement beaucoup fait rire, s'il avait pu rire, après la terrible peur qu'il venait d'éprouver.

Mais il n'était pas au bout de son étonnement.

« Maintenant, venait en effet d'ajouter son oncle, je me sens tout à fait en mesure de conduire cet appareil jusqu'à Lisbonne. Je vais donner l'ordre qu'on l'emballe et qu'on l'expédie, et nous repartirons, ce soir même, pour Albi. »

Riquet considéra en silence son oncle, et se demanda si la chute qu'il venait de faire ne l'avait pas rendu tout à fait fou.

CHAPITRE VI

EN ROUTE POUR LISBONNE !

Le départ de Foulayac et de son neveu pour Paris avait fait, pendant quelques jours à Albi, les frais de toutes les conversations, et l'on ne s'abordait plus sur les Lices ou sur la place du Vigan qu'avec cette question :

« Eh bien, savez-vous quelque chose?... Avez-vous des nouvelles?... »

Mais personne ne savait rien. Personne ne pouvait donner le moindre renseignement.

La seule chose qu'on sût, en effet, et encore sans aucun détail, c'est que Foulayac devait faire un gros héritage, mais on ignorait s'il était parti pour le recueillir, et l'on se demandait avec curiosité si, vraiment, on le verrait revenir millionnaire, ainsi qu'il l'avait laissé entendre aux quelques amis qui, la veille de son départ, étaient venus lui faire leurs adieux.

Mais celui que préoccupait le plus toute cette aventure, c'était, comme bien on pense, l'irascible Chaffourin, à qui Foulayac au Café du *Globe*, avait publiquement déclaré qu'une fois en possession de sa fortune, il n'aurait ni repos ni cesse qu'il ne l'eût ruiné !

Or, un après-midi, comme Chaffourin prenait tranquillement le frais devant la porte de son épicerie, un de ses clients vint à lui, en brandissant le *Journal d'Albi*.

« Eh bien, lui dit-il, vous savez la nouvelle ?

— Quelle nouvelle ?

— Pourquoi Foulayac est allé à Paris ?

— Oui... non... j'ignore, bégaya Chaffourin, qui, tout à coup, eut le pressentiment qu'il allait apprendre quelque chose de grave.

— Alors, tenez, lisez ! » fit son interlocuteur.

Et, en même temps, il lui tendit le journal, dans lequel était reproduit *in extenso* l'article qui, quelques jours auparavant, à Paris, avait fait prendre une si belle colère à Foulayac.

Du coup, le pauvre Chaffourin passa par toutes les couleurs de l'arc-en-ciel.

Ainsi, ce que son rival exécré avait raconté était vrai : Foulayac allait être millionnaire !... Et, une fois millionnaire, il allait pouvoir installer, en face de la sienne, une épicerie moderne et luxueuse ! Et il ne serait plus, lui, Chaffourin, le premier épicier d'Albi !

Cette nouvelle causa un tel coup au malheureux homme qu'il fut obligé de s'aliter pour plusieurs jours.

Bien lui en prit, d'ailleurs, car pendant toute cette semaine, il ne fut plus question, en ville, que de Foulayac. Le gros épicier de la place de la Cathédrale était devenu l'homme du jour. Le *Journal d'Albi* publia, en première page, et en même temps que sa biographie, six portraits de lui. Toute la ville put ainsi l'admirer dans les bras de sa nourrice, en petite robe courte, en premier communiant, en artilleur, en pêcheur à la ligne, et enfin, tel qu'il était maintenant, en épicier.

On devine donc avec quelle impatience les Albigeois et les Albigeoises attendirent, à partir de ce jour-là, le retour de leur grand homme. On ne vivait, pour ainsi dire, plus que dans l'attente fiévreuse de cet événement.

Le *Journal d'Albi* eut alors une idée géniale, pour éviter à ses abonnés d'aller attendre inutilement à la gare l'arrivée de chaque train. Il annonça, dans une édition spéciale, que la population albigeoise serait avisée du retour de Foulayac par une grande affiche apposée aux fenêtres des bureaux de rédaction.

Le remède fut pire que le mal.

Cinq cents badauds envahirent, à partir de ce moment-là, la place du Vigan, sur laquelle se trouvaient les bureaux du journal, et il fallut que la municipalité organisât un service d'ordre, pour que la circulation sur cette place n'en fût pas entravée !

Trois ou quatre jours s'écoulèrent ainsi, dans une fièvre croissante, lorsqu'un matin, sur le coup de onze heures, la foule anxieuse vit deux rédacteurs du *Journal d'Albi* apparaître sur le balcon, et y fixer une large bande de calicot blanc, sur laquelle se détachait, en lettres rouges, cette inscription :

FOULAYAC ARRIVE PAR LE TRAIN DE TROIS HEURES

Une immense acclamation accueillit la nouvelle.

Comme par enchantement, le bruit du retour de Foulayac se répandit d'un bout à l'autre de la ville, et il n'y eut bientôt plus, dans tout Albi, une rue, une ruelle, une maison, une échoppe, où, du plus grand au plus

CHAFFOURIN CHANGEA DE VISAGE

petit, des vieillards aux enfants, on ne se répétât ces mots en un extraordinaire débordement de joie : « Foulayac arrive ! Foulayac arrive ! »

C'est dire que tout Albi fut, ce jour-là, à la gare, au train de deux heures, et que Foulayac et Riquet, qui ne se doutaient pas qu'en leur absence ils étaient devenus de grands hommes pour leurs concitoyens, se virent, avec un orgueil mêlé d'ahurissement, l'objet d'une manifestation de sympathie que leur aurait certainement enviée un roi faisant son entrée triomphale « dans sa bonne ville ».

Un cortège de plus de deux mille personnes leur fit escorte.

Le trajet de la gare à la place de la Cathédrale fut véritablement triomphal. On sentait que la foule avait à cœur de montrer aux deux voyageurs combien elle sentait le prix de la gloire, qui, grâce à eux, allait rejaillir sur la ville d'Albi.

coup la seule idole de ses concitoyens.

Chaffourin, outre les menaces non équivoques que lui avait faites Foulayac, le jour de sa querelle avec lui au Café du *Globe d'or*, avait une autre raison, et non moins sérieuse, de lui en vouloir.

DEUX MILLE PERSONNES ESCORTÈRENT FOULAYAC

Seul, Chaffourin s'obstinait à ne pas vouloir prendre sa part de la joie générale.

Il était justement sur la place de la Cathédrale, au moment où le cortège y arriva, et, à voir sa physionomie torturée par la jalousie, on eût pu aisément se rendre compte des sentiments hostiles qui l'animaient à l'égard de son voisin.

Cependant, ce n'était pas seulement la jalousie qui, à ce moment-là, contractait ainsi son visage, ou du moins, ce n'était pas seulement la jalousie de voir son concurrent devenu tout à

Le bruit s'était, en effet, répandu dans la ville, depuis quelques jours, que la fortune que Foulayac était obligé d'aller chercher en aéroplane à Lisbonne était celle d'un certain Pigassol, originaire d'Albi, et qui avait, voilà près de trente ans, quitté sa ville natale. Or, ce Pigassol, que n'avaient point encore nommé les journaux, mais dont tout le monde se murmurait le nom, n'était autre qu'un arrière-cousin de Chaffourin !

On devine la rage à laquelle était en proie le patron de l'Epicerie Moderne, en songeant que son ennemi Foulayac allait, non seulement hériter d'une fortune, grâce à laquelle il le ruinerait peut-être, mais aussi et surtout d'une fortune sur laquelle il se considérait comme ayant beaucoup plus de droits que Foulayac.

Aussi, lorsque le flot des admirateurs se fut écoulé et que Foulayac et Riquet se trouvèrent seuls dans l'épicerie, Chaffourin prit son courage à deux mains et, traversant la rue, il pénétra sans crier gare dans la boutique de son rival.

L'étonnement de Foulayac fut grand en voyant entrer son ennemi.

« Vous ! s'écria-t-il, rouge de colère. Vous ici, après ce qui s'est passé au Café du *Globe !*

— Oui, moi ! riposta avec aigreur Chaffourin.

— Ah ! ah ! Et que vous faut-il ? fit alors Foulayac, comprenant tout à coup qu'il aurait la partie bien plus belle, s'il ne se fâchait pas et prenait les choses avec ironie. Désirez-vous de la cannelle, de la noix muscade ? Ou peut-être, préférez-vous un hareng saur de deux sous ? »

Malgré l'impertinence d'une pareille proposition, Chaffourin se contint :

« Trêve de plaisanterie ! fit-il. Je ne viens pas ici pour vous entendre faire de l'esprit, ni d'ailleurs pour en faire moi-même.

— Alors, quel est le but de votre visite ?

— J'ai un renseignement à vous demander.

— Lequel ?

— Est-il vrai que l'héritage que vous allez faire soit celui d'un nommé Pigassol, qui quitta autrefois Albi, pour aller chercher fortune en Amérique ? »

Foulayac faillit répondre à Chaffourin que cela ne le regardait pas, mais il aurait ainsi perdu une trop belle occasion de vexer son ennemi.

Il répondit avec calme, mais d'un ton gouailleur :

« C'est parfaitement exact. »

Chaffourin devint très pâle, mais, tout à fait maître de lui, il répliqua :

— Savez-vous que ce Pigassol fût mon arrière-cousin ?

— Je l'ignorais, répondit Foulayac, mais je suis heureux de l'apprendre. »

Et il appuya ostensiblement sur ces derniers mots, pour bien montrer à

« JE SAURAI ME DÉFENDRE »

son interlocuteur toute la joie qu'il éprouvait d'hériter d'un parent, aussi éloigné qu'il fût, de son acrimonieux rival.

« Eh bien, sachez monsieur, fit alors Chaffourin, en pesant sur toutes les syllabes, que si, comme commerçant, j'étais hier votre ennemi, je le suis *doublement* aujourd'hui !

— Ce qui veut dire ?

— Ce qui veut dire, Monsieur Foulayac, que le dernier mot n'est pas dit dans toute cette affaire, et que vous avez devant vous un homme qui, je vous en réponds, saura se défendre. »

Et, sans attendre que Foulayac lui répondît, Chaffourin regagna vivement son magasin, où il alla cacher sa colère derrière son comptoir.

« Oh ! le vilain bonhomme ! ne put alors s'empêcher de s'écrier Riquet, qui avait écouté silencieusement cette scène.

— Oh ! oui, répondit Foulayac, avec conviction.

— Il a précisé, cette fois, d'une façon nette et catégorique, les menaces qu'il vous avait faites au Café du *Globe*. Nous savons donc aujourd'hui à quoi nous en tenir sur son compte... *Il se défendra !...*

— Crois-tu ?

— Je ne fais pas que le croire, j'en suis sûr ! Chaffourin, mon oncle, fera tout pour nous empêcher de réussir dans notre voyage, c'est-à-dire pour nous empêcher d'arriver à Lisbonne dans le délai voulu. A nous donc d'ouvrir l'œil et le bon !... Si, comme le dit le proverbe, un homme averti en vaut deux, deux hommes avertis en valent quatre !

— Mais pourtant, repartit Foulayac, si Chaffourin avait l'intention de dresser contre nous des embûches, de nous tendre des pièges, il n'aurait pas été assez bête pour venir nous le raconter. C'est, en effet, s'exposer à ce que, comme tu le dis, nous ouvrions l'œil.

— En effet, mon oncle, fit Riquet, vous avez raison ! Mais vous oubliez en ceci une chose, c'est que Chaffourin était en colère, et qu'on ne raisonne plus juste, et suivant son intérêt, quand on est en colère.

— Eh bien, tant mieux ! conclut Foulayac. La colère de ce mauvais drôle aura au moins servi à quelque chose : c'est à nous mettre sur nos gardes ! »

Cependant, il ne s'agissait pas pour l'éventuel héritier de Pigassol de s'endormir dans les délices d'Albi : il fallait, car le temps était maintenant compté, songer au départ.

Foulayac et Riquet firent donc le plus rapidement possible leurs préparatifs, et, après s'être entendus avec la municipalité (car on prévoyait déjà, pour ce jour-là, une énorme affluence de monde), il fut officiellement décidé que l'aviateur et son neveu partiraient le dimanche suivant, à midi précis, du champ de manœuvres, situé sur la route de Toulouse, aux portes mêmes de la ville.

Le *Journal d'Albi* tira une édition spéciale pour annoncer la grande nouvelle, qui fut connue une heure plus tard à Toulouse, et dans la soirée même dans toutes les villes de la région.

Mais, en même temps que se répandait dans Albi cette sensationnelle nouvelle, on apprenait que le patron de l'Epicerie Moderne venait, sur l'ordre de son médecin, de partir pour les eaux, et resterait absent pendant plusieurs semaines.

Le fait, au milieu de l'agitation qui régnait dans la ville, passa assez inaperçu de tout le monde, à l'exception pourtant de Foulayac et de Riquet, qui ne virent pas là une simple coïncidence de départ, et en conclurent, ce qui était peut-être la vérité, que Chaffourin songeait décidément à mettre ses menaces à exécution.

Enfin, le grand jour arriva !

Dès le matin, la petite ville d'Albi, si calme d'ordinaire, offrit un aspect surprenant. Les cafés et les hôtels regorgeaient de monde, et quant aux rues et aux boulevards, où, en temps normal, on comptait les passants, ils étaient, pour la première fois peut-être, envahis par une foule tapageuse et bruyante.

Et ce fut ainsi que, tout en chantant et en s'amusant, cette foule, évaluée à plus de cinquante mille personnes, — car, depuis la veille, tous les trains étaient arrivés bondés, — se transporta sur le champ de manœuvres, où avaient été improvisées de grandes tribunes.

Le spectacle était vraiment des plus curieux, car, sur la pelouse où tout ce monde grouillait et se démenait, se trouvaient réunis, comme pour une exposition, tous les appareils de locomotion employés jusqu'à ce jour, depuis la modeste carriole du paysan jusqu'à la somptueuse automobile du châtelain.

C'est dire que, pour voir partir Foulayac, on était venu de partout, des campagnes, des villes, de la ferme comme du château.

Et voilà que tout à coup, parmi cette foule haletante et énervée, un grand silence se fit. Midi venait de sonner à l'horloge d'une église voisine, et l'on savait que midi était l'heure fixée pour le départ de l'aviateur.

La minute fut poignante, solennelle.

Puis, un long murmure courut à travers la foule :

« Voilà l'aéroplane ! Voilà l'aéroplane ! »

Un piquet de soldats, commandé à cet effet, venait d'amener sur la pelouse, devant la tribune, l'aéroplane, qu'il avait été chercher dans l'un des hangars du champ de manœuvres, où on l'avait remisé la veille au soir.

Mais à la joie de contempler l'appareil succéda aussitôt, parmi les assistants, l'étonnement de voir qu'il était de si frêles proportions.

On n'entendait dans la foule que ces mots :

« Oh ! comme il est petit ! »

La foule, qui croyait voir un monstre aérien, aux dimensions gigantesques, n'en revenait pas de penser que c'était sur ce léger et délicat assemblage de toiles et de bois que les deux Albigeois allaient tenter leur long voyage à travers l'espace.

Aussi, l'admiration qu'elle avait déjà pour Foulayac et Riquet en fut-elle instantanément décuplée.

Ce n'étaient plus maintenant pour elle des héros : c'étaient presque des demi-dieux.

Cependant, la bousculade, qui s'était forcément produite à l'apparition de l'aéroplane, venait à peine de se calmer, qu'un nouveau cri, poussé par plus de mille voix à la fois, s'éleva :

« Le voilà ! Le voilà ! C'est lui ! »

Et aussitôt, tandis que des femmes s'évanouissaient de peur tant on les bousculait, et que des enfants se mettaient à pleurer en se voyant tout d'un coup séparés de leurs parents, les cinquante mille personnes qui étaient sur l'immense pelouse s'accrochèrent pour ainsi dire les unes aux autres en cherchant à se hausser, afin d'apercevoir le grand homme, qui, devant les tribunes, venait d'apparaître, salué par une longue acclamation.

Mais cette acclamation se changea presque instantanément en un immense éclat de rire :

« Ah ! qu'il est drôle !... s'écriait-on de toutes parts, qu'il est drôle !... »

LE VÊTEMENT DE CAOUTCHOUC DE FOULAYAC

Le gros Foulayac, dans le but d'amortir le plus possible les chutes qu'il n'allait pas manquer de faire au cours de son voyage, s'était, en effet, affublé d'un vêtement de caoutchouc, gonflé comme un pneumatique, qui le quadruplait de volume et le faisait ressembler à une énorme barrique.

Foulayac fit deux ou trois fois le tour de la piste, devant les tribunes, pour se faire admirer de la foule qui venait de l'acclamer ; après quoi il se dirigea vers l'aéroplane, auprès duquel, jetant un dernier coup d'œil sur les manettes et les leviers, se tenait déjà Riquet, à qui M. Landrimel, son patron de Toulouse, fidèle à la promesse qu'il lui avait faite de venir assister à son départ, souhaitait bonne chance.

« Allons, dit Foulayac à son neveu, mets le moteur en marche, pendant que je me place au volant.

— Comment, mon oncle, répondit vivement le jeune mécanicien, c'est vous qui voulez prendre la direction ?

— Naturellement !

— Voyons, c'est fou, c'est fou !... s'exclama Riquet. Vous savez bien, mon oncle, que vous n'êtes pas en état de conduire ?

— Moi ?

— Mais oui ; rappelez-vous votre culbute d'il y a quelques jours, sur l'aérodrome de Juvisy !... C'est miracle si, ce jour-là, vous ne vous êtes pas tué !

— Tu crois ?

— Comment, si je le crois ! Mais j'en suis sûr !

— Après tout, tu as peut-être raison ! »

Et Foulayac, à qui la perspective d'une nouvelle chute faisait déjà faire une grimace significative, s'apprêtait à se rendre aux bonnes raisons de son neveu, lorsque le capitaine des pompiers, qui avait, pour la circonstance, revêtu son bel uniforme, s'approcha tout à coup.

« Eh bien, monsieur Foulayac, lui demanda-t-il, quand partez-vous ?

— Mais tout de suite, monsieur le capitaine, répondit le gros épicier, d'une voix que l'émotion faisait trembler un peu. »

Et, s'adressant à son neveu :

« Allons, Riquet, commanda-t-il d'un ton qui n'admettait pas de réplique, dépêche-toi d'exécuter l'ordre que je t'ai donné. Mets le moteur en marche. »

Riquet voulut tenter une dernière observation, mais Foulayac lui lança un regard si péremptoire qu'il comprit aussitôt que, la vanité de son oncle étant en jeu, cette vanité aurait, malgré toutes ses objurgations, raison de sa pusillanimité et de sa prudence instinctives.

Aussi, voyant qu'il était absolument inutile de discuter avec lui, il se contenta de se faire à lui-même la promesse de « veiller au grain », et tandis que son oncle s'installait majestueusement dans le fuselage de l'aéroplane, il se pencha avec résignation vers l'hélice et, d'un vigoureux et précis tour de bras, mit le moteur en marche.

Un « ah ! » d'émotion courut alors parmi la foule.

« Eh bien, voyons, nous y sommes ?... s'écria Foulayac, s'impatientant de voir que son neveu s'occupait de vérifier, une dernière fois, tous les leviers de transmission.

— Oui, mon oncle, ça y est !... répondit Riquet. Nous n'avons plus qu'à partir !... »

Foulayac se tourna alors vers le groupe des autorités qui se trouvait à ses côtés, et du ton d'un général en chef qui, au cours d'une bataille, aurait commandé le premier coup de canon, il prononça ces simples mots :

« En route ! »

Une acclamation, plus prolongée et plus frénétique encore que toutes celles qui l'avaient précédée, s'échappa de toutes les poitrines :

« Vive Foulayac !... Vive Foulayac !... » criait éperdument la foule, qui semblait, tant elle trépignait, placée sur une immense pile électrique.

Puis un cri retentit, aussitôt mille et mille fois répété :

« Il est parti ! »

En effet, l'aéroplane, après avoir roulé sur le sol pendant cinquante ou soixante mètres, venait tout à coup de s'élever dans les airs.

Alors, ce fut quelque chose d'inouï, d'invraisemblable.

Il semblait que les cinquante mille personnes qui se trouvaient sur le champ de manœuvres avaient soudain été prises du même délire, de la même démence. Les mains battaient, les cous se tendaient, les bras s'agitaient, et, en même temps que le léger appareil, une longue rumeur, faite de mille exclamations admiratives et enthousiastes, s'élevaient vers le ciel :

« Oh ! regardez !... regardez !... criait-on. C'est comme un oiseau !... Il vole !... »

Car, par un phénomène bien naturel et bien compréhensible, la foule s'étonnait tout à coup de voir ce que, pourtant, elle était venue voir.

Mais la première minute de surprise ne s'était pas achevée, que, déjà, l'aéroplane se trouvait à cinq ou six cents mètres, c'est-à-dire presque à l'autre extrémité du champ de manœuvres, et les spectateurs eurent alors comme une déception de ce que leur plaisir avait été aussi court.

Ils n'étaient cependant pas au bout de leurs émotions !...

En effet, l'aéroplane, que dirigeait Foulayac, pointait, de toute évidence, sur un bouquet de hauts peupliers, qui formait la limite du champ de manœuvres, et tout le monde eut la sensation, tant son vol était rapide et, à ce moment-là, presque horizontal, qu'il allait s'y empêtrer et s'y abîmer.

Aussi, un cri d'effroi s'échappa de toutes les poitrines.

« Ah ! les malheureux !... les malheureux !... »

Mais, par bonheur, Riquet « veillait au grain », ainsi qu'il se l'était promis.

Au moment même où l'aéroplane n'était plus qu'à une centaine de mètres de la cime menaçante des peupliers, il se pencha vivement vers son oncle et prit à pleines mains l'un des leviers de commande. Aussitôt, l'appareil s'inclina sur lui-même et, sous l'œil émerveillé de la foule, effectua un virage complet.

Des hourrahs frénétiques éclatèrent alors de toutes parts.

« Ah ! bravo, criait-on, bravo ! »

La foule, qui, pendant quelques secondes, avait pu craindre une affreuse catastrophe, ne pouvait, en effet, retenir son enthousiasme. Enthousiasme tout à fait justifié, d'ailleurs, car, comme on dit vulgairement, Foulayac et Riquet « l'avaient échappé belle ! »

Or, l'aéroplane, dont Riquet avait d'autorité saisi le volant, revenait maintenant en arrière et décrivait au-dessus de la pelouse toute une série d'immenses circonférences à la façon de ces grands oiseaux de proie qui, lorsqu'ils veulent s'élever à travers l'espace, commencent d'abord par planer en cercle. Et chaque fois qu'une de ses circonférences était achevée, on s'apercevait que l'aéroplane avait gagné en hauteur. Il s'éleva ainsi successivement à trente, quarante, cinquante, soixante, soixante-dix et quatre-vingts mètres ; après quoi, pointant droit vers la ligne d'horizon, il s'élança à tire-d'aile (c'est le cas de le dire !) dans la direction de Toulouse !...

IL LAISSA RIQUET PRENDRE SA PLACE

Foulayac et Riquet étaient définitivement partis.

« Eh bien, mon cher neveu, s'écria Foulayac, tout s'est, en somme, fort bien passé, hein ?

— Mais, en effet, mon oncle, très bien !... » répondit Riquet, qui, sachant son oncle un peu susceptible, eut le bon esprit de ne pas lui faire remarquer qu'il avait failli accrocher son aéroplane aux branches d'un arbre.

« Dieu veuille que le voyage se continue ainsi jusqu'à Lisbonne !...

— Oh ! il y a un moyen bien simple pour cela, fit vivement Riquet.

— Lequel ?

— C'est, mon bon oncle, répondit-il, en hésitant un peu, que vous me laissiez conduire !

— Après tout, tu as peut-être raison ! répondit Foulayac, qui, ayant fait son petit effet au départ, n'avait plus personne à éblouir. D'ailleurs, pendant que tu conduiras, je pourrai admirer le paysage, ce qui ne me sera pas désagréable.

— Eh bien, alors, s'écria Riquet, prenez ma place et je prends la vôtre ! »

Les deux aviateurs, avec des précautions infinies, se mirent aussitôt en devoir de changer de place ; ce qui ne fut pas une petite affaire pour Foulayac, car, lorsqu'il fut debout et aperçut le vide au-dessous de lui, il eut pendant quelques secondes un vertige effroyable et manqua s'évanouir de peur.

Cependant, le changement finit par s'effectuer tant bien que mal, et l'aéroplane, comme s'il avait deviné que celui qui devait conduire était maintenant à la place qu'il devait occuper, fit comme un bond en avant pour brûler l'espace !

« Allons, allons, s'écria Riquet, le vent est bon et la carburation est excellente ! Quelques jours seulement de ce train-là, et nous sommes à Lisbonne !...

— Oh ! à quoi bon se presser? répondit Foulayac. Nous avons, en somme, plus d'un mois pour y arriver.

— Un mois ?

— Mais parfaitement, j'ai fait le compte. Nous avons exactement trente-cinq jours pour effectuer notre voyage ou, autrement dit, cinq semaines !

— Eh bien, conclut avec assurance Riquet, nous serons là-bas dans dix jours, car il ne sera pas dit qu'en l'an 1910 il aura fallu à un aviateur comme moi, pour aller d'Albi à Lisbonne, cinq semaines d'aéroplane ! »

Et, malgré son oncle, qui commençait à trouver qu'on allait un peu trop vite, il mit l'avance à l'allumage.

CHAPITRE VII

NOS HEROS PRENNENT UN BAIN FORCÉ

Les premières heures de ce voyage aérien furent pour Riquet un véritable enchantement. Il lui semblait qu'il était le maître de l'air et de l'espace !... Songez donc, en effet, à la sensation sans pareille que l'on doit éprouver ainsi, à travers l'atmosphère lumineuse et dorée d'un beau jour de mai, et cela à près de cent mètres au-dessus du sol !

« Oh ! mon oncle, mon oncle, ne cessait de répéter Riquet tout en tenant le volant, si vous saviez comme je suis heureux ! »

Le petit mécanicien n'avait, en effet, jamais été à pareille fête. Il volait en pleine extase, en pleine béatitude, en pleine griserie !... et, tandis que, derrière lui, le moteur, sonore et régulier, ronflait, il lui semblait que c'était l'air, l'air lui-même, qui chantait.

Foulayac, lui, ne partageait guère l'enthousiasme juvénile de son neveu.

A présent que la fièvre du départ était passée, et qu'il se trouvait à soixante-dix ou quatre-vingts mètres au-dessus des routes et des prairies, il commençait à trouver que ce mode de locomotion aérienne n'avait décidément rien de bien agréable, et que l'ami Pigassol avait eu une bien fâcheuse idée de l'obliger, lui, Foulayac, à ce raid à travers l'espace.

Et pourtant était-ce assez beau, assez féerique, toutes ces riches et verdoyantes campagnes, au-dessus desquelles l'aéroplane passait, et qui se déroulaient à l'infini dans la gloire ensoleillée de ce bel après-midi de printemps !

Mais, en bas, sur les routes ou au milieu des champs, quel émoi, quelle agitation !

Sur la porte de chaque maison, de

chaque cabane, le long de chaque chemin, de chaque sentier, c'étaient des gens qui s'arrêtaient stupéfaits, ahuris, et qui, le nez en l'air, et levant les bras vers le ciel, regardaient passer cet étrange oiseau, sans arriver à comprendre ce que cela pouvait être.

Les enfants s'imaginaient que c'était un cerf-volant. Les vieilles bonnes femmes déclaraient qu'un pareil prodige devait annoncer la fin du monde. Quant aux hommes, eux, pour ne pas se compromettre, ils se contentaient de hocher la tête, d'un air grave et entendu, en murmurant entre leurs dents ces simples mots :

« Ce doit être quelque mécanique pour la guerre ! »

L'aéroplane arriva ainsi, en deux petites heures, à Toulouse, que Riquet reconnut de loin au clocher de Saint-Sernin. Puis ce fut la grande plaine, riche en cultures, mais si monotone d'aspect, qui s'étend entre Toulouse et Auch.

Il faisait presque nuit quand ils arrivèrent dans cette dernière ville, où ils couchèrent, et d'où ils repartirent le lendemain matin, au milieu de la curiosité générale, sur le coup de huit heures, à destination de Pau.

Riquet venait, ce matin-là, de s'élancer au-dessus d'une immense prairie qui bordait la route quand, tout à coup, son attention fut attirée par une petite automobile rouge, qui, sur cette route, s'était arrêtée, au moment même où l'aéroplane avait changé, sa direction.

Riquet n'y aurait pas pris garde si, au même instant, l'automobile, après avoir pendant quelques minutes stationné au même endroit, n'avait tout à coup tourné sur elle-même, puis pris, à toute vitesse, une autre route, qui la remit instantanément dans la direction prise par l'aéroplane.

« Tiens, tiens ! se dit alors Riquet. Est-ce que, par hasard, cette automobile nous suivrait ? Après tout, c'est possible ! Et il n'y a, en somme, rien d'étonnant à ce que des touristes s'amusent ainsi. »

Et, sans s'émouvoir davantage de cet incident, Riquet et Foulayac continuèrent leur voyage par-dessus les coteaux et les vallons.

D'ailleurs, au même instant, un train venait d'apparaître sur la voie ferrée, dont on apercevait en bas les doubles rails, et une idée, qu'il s'empressa de mettre à exécution, germa dans le cerveau de Riquet : celle de lutter de vitesse avec ce train.

Et ce fut, pendant quelques instants, une lutte des plus émouvantes entre le monstre terrien, le long serpent qui déroulait en bas ses multiples anneaux, et le frêle oiseau qui, dans l'air fluide et léger, faisait palpiter ses grandes ailes blanches.

Mais bientôt cela ne suffit plus à Riquet, et, voulant faire de la fantaisie, malgré les protestations de son oncle, qui, pendant toute la course, était resté plus mort que vif, il se mit, à dix reprises différentes, à passer par-dessus le train, dont les voyageurs, très intéressés par ce spectacle, se précipitaient aux portières.

« Assez ! assez ! assez !... gémissait le gros Foulayac qui ressemblait, aux côtés de son neveu, à une véritable loque ! Nous allons nous rompre le cou !... Nous allons nous briser les os ! »

Mais Riquet n'écoutait rien.

Et il aurait peut-être ainsi continué fort longtemps son imprudent et périlleux exercice, si une secousse violente, et qui, pendant quelques secondes, fit basculer l'appareil, n'avait tout à coup ébranlé l'aéroplane.

Foulayac poussa un cri perçant. L'aéroplane, qui, à ce moment-là, volait très bas, avait touché l'un des fils du télégraphe longeant la voie. Et comme il suffit d'un rien pour déplacer l'équilibre d'une machine volante, l'appareil, suivant l'expression populaire consacrée, avait aussitôt « piqué du nez ».

Mais, par bonheur, Riquet, qui était un adroit conducteur, l'avait aussitôt redressé, et il avait ainsi échappé au plus affreux accident.

La leçon devait lui servir. Il se décida, en effet, à se montrer infiniment plus prudent au cours du voyage.

Aussi, après avoir équilibré son appareil à une hauteur d'environ quarante mètres, poursuivit-il sa route, sans s'occuper des trains qui pouvaient passer au-dessous de lui. Et c'est ainsi que, sur le coup de midi, nos deux voyageurs purent déjeuner à Pau, ancienne capitale du Béarn, où, de l'admirable terrasse de cette jolie ville, ils purent admirer une des plus belles vues qui soient au monde : le panorama, échelonné sur plusieurs plans successifs, de toute la chaîne des Pyrénées.

Après avoir visité la ville, Riquet s'occupa de faire différentes emplettes, et comme il allait, à partir de ce moment-là, avoir à parcourir des régions qu'il ne connaissait plus, son premier soin, afin de pouvoir se diriger, fut d'acheter une boussole, puis des cartes routières du sud-ouest de la France et des régions espagnoles et portugaises, au-dessus desquelles il allait avoir à passer.

Cela fait, les deux voyageurs repartirent dans la direction de Bayonne et suivirent, sans que rien leur arrivât d'anormal, d'abord la vallée du Gave de Pau, puis celle de l'Adour.

Cependant, comme ils approchaient d'Orthez, qui se trouve environ à moitié chemin entre Pau et Bayonne, Riquet ne put tout à coup s'empêcher de pousser un cri de surprise.

En bas, sur la route que s'efforçait de longer l'aéroplane, il venait d'apercevoir une petite automobile rouge, qui ressemblait, à s'y méprendre, à celle qu'il avait remarquée, la veille, entre Toulouse et Auch.

Non seulement les deux voitures étaient semblables, mais le nombre des voyageurs qui s'y trouvaient — deux voyageurs — était le même !

« Oh ! oh ! se demanda Riquet, est-ce que ce serait l'automobile d'hier ? Et, ce qui serait plus intéressant, est-ce que cette automobile nous suivrait vraiment ? Nous allons bien voir ! »

Et aussitôt, Riquet, effectuant un virage — au grand étonnement de son oncle, qui se demandait ce que cela voulait dire, — eut l'air, pendant quelques instants, de faire route en arrière, comme pour revenir à Pau.

Quand il se retourna, pour regarder derrière lui, sur la route, il s'aperçut que l'automobile, en bas, s'était arrêtée, et s'apprêtait, elle aussi, à revenir en arrière.

Dès lors, le doute n'était plus possible : l'automobile rouge les accompagnait.

Riquet fit alors part à son oncle de la découverte qu'il venait de faire, et un même doute, une même pensée, leur vinrent à l'esprit :

« Si c'était Chaffourin ?... »

Mais comment s'en rendre compte ? En mettant pied à terre ? A quoi cela avancerait-il ? L'automobile s'enfuirait à toute vitesse, aussitôt que l'aéroplane ferait mine de vouloir atterrir !

L'oncle Foulayac se frappa le front, comme s'il venait tout à coup d'avoir une idée géniale :

« Je vais regarder avec mes jumelles quels sont ces deux voyageurs ! » s'écria-t-il.

Et, se penchant avec prudence en dehors du fuselage, il braqua sa lorgnette sur la voiture rouge, qui, à environ cinquante mètres en arrière, continuait à suivre l'aéroplane.

« Eh bien !... demanda Riquet avec anxiété, les reconnaissez-vous ?

— Non, répondit Foulayac, il n'y a pas moyen !

— Pourquoi cela ?

— A cause de leurs lunettes d'automobile, qui cachent la moitié de leur figure.

— Tant pis, fit Riquet, car j'aurais été vraiment fort aise de connaître le bout du nez de ces deux cocos-là ! »

Puis, faisant à nouveau virer l'aéroplane, pour le remettre dans la direction de Bayonne, manœuvre qui fut aussitôt imitée par l'automobile, il ajouta :

« En tout cas, si c'est Chaffourin qui nous poursuit, le mouvement que nous venons d'effectuer lui prouvera que nous avons remarqué ses louches menées, et que nous nous tiendrons sur nos gardes ! »

Le soir même, ils couchaient à Bayonne et, le lendemain, ils arrivaient à Biarritz.

Bien qu'on ne fût pas à ce moment-riante et gracieuse était restée fixée dans sa mémoire.

« Nous avons, vous le voyez, tenu à être les premiers à vous souhaiter la bienvenue, » dit aimablement le banquier portugais.

Et, s'adressant à Riquet qui, gêné par la foule des curieux accourus de

FOULAYAC BRAQUA SA LORGNETTE SUR L'AUTOMOBILE ROUGE

là en pleine saison, il y avait cependant déjà de nombreux visiteurs dans cette jolie station, qui, à l'encontre de Trouville, ou Dieppe, où la saison dure à peine quelques semaines, possède pendant toute l'année une importante colonie étrangère.

Aussi, y avait-il foule, sur le terrain du golf, lorsque Foulayac et Riquet y atterrirent.

Et quel ne fut pas leur plaisir, leur joie, quand, parmi les personnes venues pour assister à leur arrivée, ils reconnurent qui?... M. Castillo et sa fille, la jolie petite Estrella !

Riquet surtout était radieux de retrouver la charmante fillette, dont il avait fait la connaissance quelques semaines plus tôt, et dont l'image sou-

toutes parts autour de lui, était en train d'arrêter son moteur :

« Mais, au fait, demanda-t-il, comment se passe votre voyage?

— Tout à fait bien ! répondit Riquet.

— Aucun accident?... Aucun accroc ?

— Aucun.

— J'ai, en effet, appris par les journaux, poursuivit M. Castillo, que vous êtes devenu un aviateur émérite.

— On exagère un peu ! fit modestement Riquet.

— Non, non, riposta vivement Foulayac, qui trouvait qu'on ne s'occupait peut-être pas assez de lui, nous nous chargeons maintenant, mon neveu et moi, d'en remontrer aux Blériot, aux Latham ou aux Farman, s'ils veulent se mesurer avec nous ! »

Et, ce disant, il jeta un regard assuré autour de lui, pour bien juger de l'effet qu'il avait produit sur les spectateurs de cette scène, tandis que M. Castillo, qui savait très exactement que tout l'honneur du voyage revenait à Riquet et non à son oncle, s'efforçait de cacher dans sa barbe un sourire ironique.

Quant à Estrella, elle considérait son petit ami, maintenant qu'il était un aviateur presque célèbre, comme un véritable héros.

Riquet, qui ne la quittait pas du regard, comprit le désir qui la dévorait.

« Mademoiselle Estrella, s'écria-t-il, je devine ce à quoi vous pensez !...

— Vraiment, monsieur Riquet ?

— Vous pensez qu'il doit être joliment agréable de monter en aéroplane, et de s'en aller, là-haut, vers le ciel, et vous avez une grande envie de monter dans notre appareil !...

— Oh !... oui... oui !... fit la fillette, en battant des mains, et en jetant un long regard d'envie vers le bel oiseau blanc qui, sur la pelouse, semblait se reposer de l'étape qu'il venait de faire. J'en meurs, en effet, d'envie.

— Alors, voulez-vous que je vous fasse faire une petite promenade ? »

La mignonne enfant ouvrit la bouche pour répondre : oui. Mais, au même moment, la pensée lui vint qu'elle n'allait oublier qu'une chose, c'est d'en demander la permission à son père.

Elle se tourna vers lui et l'aperçut qui, les sourcils froncés, faisait : non, de la tête.

M. Castillo, en homme prudent et réfléchi qu'il était, n'avait, en effet, aucune envie de voir sa fille s'envoler à travers l'espace.

Mais Estrella lui adressa un regard si suppliant, si éploré, et elle lui dit d'un ton si gentil et si pressant : « Oh !... papa, papa, je vous en prie ! » qu'il n'osa pas prononcer le « non » qui était sur ses lèvres.

« Oh ! merci, papa, merci !... s'écria Estrella, en sautant au cou de son père. Vous êtes gentil tout plein, et je suis bien heureuse !

— Tout doux, tout doux !... fit vivement M. Castillo. Je consens, c'est vrai, mais à une condition...

— Laquelle ? demanda Estrella, déjà un peu inquiète.

— C'est que Riquet se montrera d'une prudence extrême, qu'il ne s'élèvera que très peu et surtout qu'il descendra dès que je lui en donnerai le signal.

— C'est chose promise ! » dit Riquet, en étendant la main.

Au même moment, Foulayac s'approcha et, s'adressant à M. Castillo :

« Voulez-vous que je prenne le volant ? Cela vous donnera peut-être plus confiance !...

— Ah ? non, non ! » riposta vivement le banquier.

Mais voyant que la figure de son interlocuteur se renfrognait, et comprenant qu'il l'avait peut-être fâché, il ajouta aussitôt :

« Laissons ces enfants s'amuser ensemble : cela vaut mieux. »

Riquet et Estrella avaient pris place, l'un à côté de l'autre, sur l'appareil, et l'aéroplane reprit son vol léger, sous les yeux émerveillés de la foule, qui se mit à applaudir de toutes ses forces son gracieux envol.

Foulayac était furieux.

« Ah ! çà, marmonnait-il, pourquoi M. Castillo a-t-il confié sa fille à mon neveu plutôt qu'à moi ?... Il me prend donc pour un maladroit !... Oh ! il faudra que je lui prouve qui je suis ! »

Et, tout à ses pensées, il ne s'aperçut pas que M. Castillo avait fait à Riquet le signal de descente, et il faillit recevoir l'aéroplane sur la tête.

L'atterrissage se fit, bien entendu, au milieu d'une ovation enthousiaste, et tout le monde se précipita pour serrer les mains du jeune aviateur, ce qui augmenta encore, si possible, le dépit du gros épicier.

Mais il allait avoir sa revanche, et quelle revanche !

En effet, à ce même moment, un

monsieur d'un certain âge, et d'une grande distinction, venait de s'approcher de lui.

C'était le président de la S. S. B. ou, autrement dit, de la Société Sportive de Biarritz.

« Monsieur, dit-il à Foulayac, permettez-moi tout d'abord de vous souhaiter la bienvenue, et de vous demander ensuite si, pour distraire la colonie étrangère qui se trouve en ce moment à Biarritz, vous ne voudriez pas consentir à faire, cette après-midi, et avant de repartir, un vol sur la Grande Plage ? »

La figure de Foulayac s'illumina, à cette demande, d'un tel sourire orgueilleux de satisfaction que Riquet comprit que son oncle allait accepter.

Aussi, s'empressa-t-il de lui couper la parole.

« Songez, mon oncle, fit-il vivement, que nous sommes limités par le temps, que nous n'avons pas une minute à perdre !... Et puis, vous le savez, un accident est bien vite arrivé !... A quoi bon s'y exposer, en faisant des vols inutiles et supplémentaires ?

— Mais, riposta sèchement Foulayac, tu ne m'as pas demandé mon avis, pour promener tout à l'heure ta petite amie Estrella ! Ou bien est-ce que tu jugeais utile le vol que tu as fait avec elle ?... »

L'argument de l'oncle Foulayac était sans réplique, et Riquet se mordit les lèvres et se tut.

Le gros épicier se tourna vers le président de la S. S. B. :

« Monsieur le Président, lui dit-il, vous pouvez annoncer un vol sur la Grande Plage pour cette après-midi... Et c'est moi, ajouta le susceptible bonhomme, de façon à être entendu de M. Castillo, *c'est moi* qui tiendrai le volant ! »

Le Président de la S. S. B. se confondit en remerciements et s'éloigna.

Riquet était désolé. Ainsi, la leçon que son oncle avait reçue à Paris, il y a quelques semaines, et celle qu'il avait failli recevoir, il y a deux jours, à Albi, n'avaient l'une et l'autre servi à rien !... Il resterait jusqu'au bout du voyage l'incorrigible et imprudent vantard, dont il fallait tout craindre, même les pires folies !

Essayer de le raisonner ?... A quoi bon ?... Il n'y réussirait pas plus qu'il n'avait réussi sur le champ de manœuvres d'Albi... Son oncle, comme cette fois-là, n'écouterait rien... Car les êtres poltrons et pusillanimes sont parfois ainsi faits que, lorsque leur amour-propre ou leur orgueil sont en jeu, ils deviennent tout à coup de véritables casse-cou !

L'après-midi, tout Biarritz se trouva sur la Grande Plage, pour assister au vol promis.

Foulayac avait décidé de rouler d'abord sur les planches, et de s'élancer ensuite vers la mer, de façon à décrire toute une série de circonférences au-dessus de l'anse qui se trouve comprise entre l'ancien casino et la colline Sainte-Eugénie.

Une foule cosmopolite et des plus élégantes avait, en conséquence, envahi tous les alentours de cette anse, et sur la belle plage qui la borde, sur les rochers qui lui donnent son pittoresque si particulier, c'était un radieux éparpillement de jeunes gens et de jeunes filles en toilettes claires.

Aussi, fut-ce avec une véritable explosion de joie que tout le monde salua Foulayac et Riquet, lorsqu'ils apparurent sur les planches, et surtout lorsqu'ils prirent allégrement leur vol au-dessus des vagues qui déferlaient sur la plage.

D'ailleurs, pendant quelques instants, tout se passa le mieux du monde, et aucun aviateur n'aurait certainement mieux lancé son appareil que ne le fit, cette fois-là, et probablement par hasard, l'étonnant Foulayac.

« Allons, allons, pensa Riquet, tout va bien ! »

Et tout à la satisfaction de voir que les choses se passaient normalement, et beaucoup mieux, en somme, qu'il ne l'avait espéré, il se frotta de joie les deux mains.

Mais, hélas ! il avait à peine eu le temps de se réjouir que, son oncle ayant tout à coup fait une fausse manœuvre, l'aéroplane fit brusquement une embardée terrible et, après avoir tangué pendant quelques secondes d'une façon désespérée, se mit à descendre vertigineusement à pic, d'une hauteur de trente mètres.

IL ÉTAIT COMME UNE BOUÉE FLOTTANTE

Riquet et Foulayac n'eurent que le temps de pousser un cri, et déjà l'appareil s'était abîmé dans les flots au pied d'un rocher battu par les vagues.

La catastrophe avait été si brusque, si rapide, que la foule, comme frappée de stupeur, n'avait seulement pas eu le temps de s'émouvoir !... Il y avait même des yeux qui cherchaient encore dans le ciel le joli aéroplane qui gisait maintenant, lamentablement accroché aux anfractuosités d'un rocher.

Néanmoins, la première minute d'émotion passée, le sauvetage s'était organisé, et une dizaine de barques, montées par de vieux pêcheurs de Biarritz, cinglèrent à force de rames, et en coupant les vagues, vers le rocher sur lequel Foulayac et Riquet s'étaient réfugiés, et d'où ils s'efforçaient, à bout de bras, de retenir l'aéroplane, dont les lames écumantes battaient avec acharnement les pauvres ailes à moitié brisées.

Ce ne fut pas une petite affaire, même pour des pêcheurs expérimentés, que d'arracher les deux malheureux aviateurs à la triste et périlleuse position dans laquelle ils se trouvaient.

On y parvint cependant tant bien que mal, mais, au moment où on croyait s'être enfin définitivement saisi de Foulayac, voilà que le gros bonhomme, glissant sur les lichens qui couvraient la surface du rocher, tomba de nouveau à l'eau.

Par bonheur pour lui, son costume de caoutchouc lui servit, car, au lieu de couler à pic, il se mit à flotter comme une bouée sur la crête des vagues, tantôt montant, tantôt descendant, suivant que celles-ci le lançaient comme un ballon vers le ciel ou l'attiraient comme une ancre vers le fond.

Il fallut plus d'un quart d'heure pour rattraper la bouée flottante et capricieuse qu'il était devenu !

Au bout de ce temps-là, les yeux hagards, les cheveux collés aux tempes, il fut enfin hissé dans la barque, où se trouvait déjà Riquet.

« Eh bien, mon oncle, vous voilà content ! s'écria ce dernier d'un ton furieux. Notre aéroplane est à moitié démoli, et nous allons être obligés de télégraphier à Paris, à la maison Périnot, d'envoyer toute de suite une équipe d'ouvriers pour le réparer !... Résultat : quinze jours au moins de perdus, et notre voyage, et peut-être aussi l'héritage de Pigassol compromis ! Ah ! vous pouvez vraiment vous vanter d'avoir fait un joli travail ! »

Foulayac ne répondit que par un gémissement, car il restituait à la mer, à ce moment-là, son dernier litre d'eau salée, et c'est à peine s'il eut la force de jeter un regard éploré vers l'aéroplane que les marins, accourus pour le sauvetage, s'efforçaient à grand'peine de renflouer sur le rocher !

Alors, voulant éviter la foule, toujours massée sur la Grande Plage, Riquet décida qu'au lieu d'atterrir sur cette plage, on irait descendre dans un endroit plus écarté, au Vieux Port, et cela lui évita peut-être d'apercevoir Chaffourin qui, placé au premier rang des spectateurs, avait assisté à cette aventure et n'en avait rien perdu.

« Allons, allons ! se disait-il, tout va bien. Si les choses continuent ainsi, je crois décidément que je ne serai pas obligé d'intervenir pour empêcher mon ami Foulayac d'arriver à Lisbonne dans le délai voulu. »

CHAPITRE VIII

LA VENGEANCE DE CHAFFOURIN

Le pauvre Foulayac fut malade pendant près de huit jours, à la suite de cette baignade intempestive, et Riquet, vingt-quatre heures durant, fut fort inquiet au sujet de son oncle. Le gros épicier avait été ramené à l'hôtel en proie à une fièvre terrible, et il délira trois nuits de suite d'une façon presque ininterrompue.

Cependant, tout en soignant de son mieux son oncle, Riquet ne perdait pas de vue le but du voyage, et il partageait son temps entre la chambre du malade et le chantier où on avait remisé l'aéroplane, qu'une équipe d'ouvriers, envoyés de Paris par la maison Périnot, s'occupait très activement de réparer.

Enfin, au bout d'une dizaine de jours, Foulayac et l'aéroplane furent tous deux en état de « reprendre l'air ».

Mais ce fut presque avec un regret que Riquet décida la date du départ, car il avait eu un grand plaisir, pendant ces quelques jours d'escale forcée : c'est celui de revoir à tout instant Estrella qui, accompagnée de son père, venait deux ou trois fois par jour, tantôt à l'hôtel et tantôt au chantier, pour prendre des nouvelles, soit de l'aviateur, soit de l'appareil !

Malheureusement, il n'y avait à tarder ni d'un jour ni d'une heure, car le temps qui restait à Foulayac et à Riquet pour arriver à Lisbonne leur était maintenant compté au plus juste. Or, il fallait toujours envisager la possibilité, en cours de route, d'incidents imprévus.

Aussi, pour les éviter dans la mesure du possible, Riquet se décida, le matin du départ, à avoir avec son oncle une explication sérieuse et catégorique.

« Mon oncle, lui dit-il, nous allons nous remettre en route tout à l'heure. Or, avant de partir, il faut que vous me fassiez une promesse formelle.

— Laquelle ?

— Celle de ne plus toucher, pendant tout le cours du voyage, au volant de l'aéroplane. C'est à cette condition, à cette condition seule, que nous avons quelque chance d'arriver à Lisbonne dans le délai voulu.

— Oh ! ça, je te le promets, répondit vivement Foulayac. Je ne me sens plus le moindre goût pour le métier d'aviateur, et rien qu'à la pensée qu'il va falloir repartir à travers les airs, j'ai presque envie de renoncer à l'héritage de Pigassol !

— Alors, mon oncle, c'est juré ? ajouta Riquet en prenant un air grave. Nous serons sage ?

— Comme une image ! » répondit Foulayac.

Riquet tenait à ce que le départ de Biarritz se passât le plus simplement possible. Il en avait assez des ovations des foules et des cris d'admiration et d'enthousiasme, qui, lorsqu'on a besoin de toute son attention pour ne pas faire de fausse manœuvre, viennent fâcheusement vous distraire ou vous faire perdre la tête.

Aussi, quelle ne fut pas sa stupéfaction, lorsque, en arrivant sur le terrain de golf d'où on devait s'élever, il aperçut une foule déjà considérable qui attendait.

paient avec leurs canifs un petit morceau de planchette.

« Hé là ! mesdames, s'écria-t-il vivement, que faites-vous là ?

— Nous prenons un souvenir ! » répondit flegmatiquement l'une d'entre elles.

Riquet ne put s'empêcher de rire de bon cœur.

CHACUNE COUPAIT UN MORCEAU DE L'AÉROPLANE

« Ah ! c'est trop fort ! s'écria-t-il. Comment tous ces gens-là savent-ils que nous devons quitter Biarritz ce matin ?

— Mais tout simplement, lui répondit un monsieur, parce que les murs de la ville sont couverts d'affiches annonçant votre départ ! »

Notre jeune aviateur fut donc obligé de faire contre mauvaise fortune bon cœur, et de prendre la chose avec philosophie.

Il inspecta le plus rapidement possible tous les rouages de l'appareil. A son grand étonnement, quand il eut terminé, il aperçut deux ou trois Anglaises qui, très tranquillement, cou-

« Mais, mesdames, fit-il, si toutes les misses ou ladies qui se trouvent en ce moment à Biarritz prenaient chacune un morceau de notre aéroplane, avouez qu'il n'en resterait bientôt plus rien !

— Oh ! cela est parfaitement exact ! répondit l'Anglaise avec un calme de plus en plus déconcertant ! Mais nous voulons avoir à tout prix un souvenir de vous... »

Et, impassibles, sans que Riquet pût les en empêcher, ces dames achevèrent de détacher le petit morceau de bois qu'elles étaient en train de découper, puis elles tournèrent les talons avec dignité.

« Oh ! décidément, pensa Riquet, il faut filer au plus vite !... »

Et, faisant signe à son oncle de venir prendre sa place à ses côtés dans le fuselage, il ordonna aux ouvriers de la maison Périnot de mettre l'hélice de l'appareil en mouvement, puis, envoyant un salut de la main à Estrella, qu'il avait tout à coup aperçue parmi la foule, il prononça le sacramentel « Attention ! ».

Les ouvriers abandonnèrent l'aéroplane qui, après avoir pendant quelques secondes roulé comme une automobile, reprit à nouveau son essor à travers l'espace.

Un ou deux grands cercles, comme toujours, pour prendre de la hauteur, et le grand oiseau mécanique disparut ensuite dans la direction de l'Espagne, tandis que le soleil matinal, qui le frappait obliquement, mettait sur ses ailes comme une poudre d'or.

La région que nos deux amis traversaient maintenant était le pays basque, et après avoir passé au-dessus d'Ustaritz et de Cambo, où ils purent, de soixante mètres de haut, admirer la magnifique villa où Edmond Rostand, le célèbre auteur de *Cyrano de Bergerac* et de *Chantecler*, abrite ses rêves de poète, ils prirent pour point de direction la jolie montagne de la Rhune, qui domine le petit col qu'ils voulaient gagner pour passer en Espagne.

Malheureusement, l'aéroplane avait été mal réglé par les ouvriers chargés de le réparer, et, aux environs d'Espeletta, Riquet s'aperçut qu'il n'en était pas suffisamment maître et fut obligé d'atterrir pour vérifier le moteur.

Cette opération, fort minutieuse, prit longtemps; et le soleil se couchait déjà du côté du golfe de Gascogne, lorsqu'elle fut complètement terminée.

« Essayons-nous de franchir aujourd'hui la chaîne des Pyrénées ? demanda Riquet à son oncle, ou attendons-nous à demain ?

— Oh ! moi, depuis ce qui m'est arrivé à Biarritz, répondit Foulayac, je n'ai plus aucune espèce d'opinion en matière d'aviation. Fais à ton idée. »

Riquet tira sa montre, pour voir exactement l'heure qu'il était, puis il regarda le ciel.

« Ma foi, s'écria-t-il, il va encore faire jour pendant une heure au moins, et nous serions vraiment absurdes de ne pas profiter de cette belle fin de journée !... En route ! »

Malheureusement, les aviateurs proposent et les aéroplanes disposent.

Comme par un fait exprès, Riquet eut, en effet, à lutter, pendant toute cette fin de journée, contre des tourbillons de vent venant du golfe de Gascogne, qui mirent à tout instant son appareil en danger.

Heureusement, il était un habile pilote ! Mais il dut bientôt renoncer à lutter.

« Nous n'arriverons jamais à franchir les Pyrénées ce soir ! » ne cessait-il de murmurer.

Il s'avisa de chercher un village où l'on pût atterrir. Mais les villages sont rares dans ce pays de montagnes, et, pendant quelques instants, il eut beau regarder au-dessous et autour de lui, il n'aperçut aucune lumière lui indiquant la présence de maisons ou de chaumières.

« Diable ! Diable ! se dit-il, un peu inquiet. La situation commence à devenir critique. »

Et comme la nuit était venue complètement, la pensée lui vint aussitôt de virer, pour retourner en arrière, afin d'aller coucher à Espeletta ou à Cambo.

Mais il n'avait pas commencé la manœuvre que le ciel, comme pour lui indiquer la route à suivre, s'irradia d'une lumière douce et claire. C'était la lune qui venait de se lever au-dessus de la crête si finement découpée de la Rhune.

Foulayac et Riquet, en regardant au-dessous d'eux, s'aperçurent qu'ils étaient déjà en pleine montagne. L'aéroplane, en effectuant les virages successifs que, quelques instants plus tôt, lui avait fait faire Riquet, avait sensiblement et considérablement gagné en hauteur, sans que son habile pilote s'en fût rendu compte. Et, maintenant, au risque de s'accrocher aux rochers ou aux arbres qui, çà et là, émergeaient à ses côtés d'une façon menaçante, il longeait un pic, sur les flancs duquel, dans la clarté lunaire, on apercevait, grimpant de la base au sommet, les lacets sinueux d'un sentier escarpé.

Ils allèrent ainsi pendant un long moment, obligés de suivre la voie que leur traçaient, de chaque côté, les hauts rocs pyrénéens, qui semblaient se hausser à mesure qu'eux s'élevaient.

Et voilà que, tout à coup, des ombres apparurent, descendant ce sentier.

C'étaient, autant qu'on pouvait en juger dans la nuit, des hommes aux épaules chargées de lourds ballots. Ils marchaient silencieusement, et de ce pas régulier et allongé qu'ont les montagnards, même quand ils ont à suivre des chemins encombrés de rochers ou de cailloux roulants.

De temps en temps, lorsqu'elle était sur le point d'arriver à un tournant du sentier, toute la troupe s'arrêtait, et un homme, qui, lui, ne portait rien, se détachait du groupe et courait en avant, comme pour s'assurer que la route était libre, ou qu'il n'y avait aucun danger à redouter.

« Ah çà, qu'est-ce que c'est que tous ces gens-là ? s'écria Foulayac, très intrigué.

— Probablement des contrebandiers espagnols, répondit Riquet, qui descendent clandestinement par la montagne leurs marchandises, de façon à n'avoir pas à payer les droits de douane.

— Tu crois ?

— Mais regardez, mon oncle : il n'y a qu'à voir leur manège ! »

Et Riquet, qui, très intéressé, avait fait décrire un large cercle à son aéroplane, de façon à pouvoir observer plus longtemps tous ces nocturnes porteurs de ballots, désigna du doigt à son oncle l'homme-vigie. Celui-ci, à cinquante mètres environ devant la petite troupe arrêtée, venait de se glisser en rampant sur un gros rocher, au tournant du sentier et de là, il scrutait attentivement les environs.

Mais, au même instant, et avant que Foulayac eût eu le temps de répondre à son neveu, un coup de sifflet strident retentit, qui résonna lugubrement dans le silence de la nuit.

C'était la sentinelle avancée des contrebandiers qui venait de le pousser.

Et aussitôt, ce fut, parmi les Espagnols, une fuite éperdue.

Lâchant leurs ballots au beau milieu du sentier ou les jetant par-dessus les talus pierreux qui le bordaient, ils s'éparpillèrent en un clin d'œil de toutes parts et disparurent au milieu des rochers avec la légèreté d'une bande d'isards.

Leur fuite n'avait pas été assez rapide.

En même temps que le coup de sifflet de la sentinelle avait retenti, une troupe de douaniers français, sortie on ne sait d'où, apparut comme par enchantement et ouvrit sur les contrebandiers en déroute un feu de salve des plus nourris, et qui se répercuta, pendant près d'une minute, dans le lointain des gorges et des ravins.

L'un des contrebandiers, au cours de cette fusillade, était tombé, et Foulayac et Riquet purent voir les douaniers qui se précipitaient vers lui.

« Ah ! mon Dieu ! s'écria le petit mécanicien, très ému par la scène à laquelle il venait d'assister, et qui avait été d'autant plus impressionnante qu'elle s'était déroulée en moins de quelques secondes. Pourvu que ce pauvre homme ne soit pas mortellement blessé ! »

Il fut rassuré tout de suite, car l'homme, à peine touché, s'était relevé, et il allait même s'enfuir, lorsque les douaniers, bondissant sur lui, s'en emparèrent.

Et comme Riquet, qui avait bon cœur, s'apitoyait sur lui :

« Ah ! non, lui dit Foulayac, dont

l'âme de commerçant honnête se révoltait à l'idée qu'on pouvait faire de la contrebande, tu ne vas pas plaindre ce misérable, ce gueux, ce chenapan ! Il a été arrêté, tant mieux ! Il n'a que ce qu'il mérite. »

Or, tandis que se déroulait cette bataille entre douaniers et contrebandiers, la lune, qui était pleine à ce moment-là, avait continué sa course ascendante dans le ciel, et elle enveloppa bientôt la terre d'une clarté si transparente et si pure qu'on y voyait presque comme en plein jour.

« Oh ! mon oncle, dit alors Riquet, à quoi bon retourner maintenant vers la France ? Ce serait vraiment du temps perdu. D'ailleurs, il n'est ni plus difficile ni plus dangereux de conduire un aéroplane la nuit que le jour, lorsqu'on y voit ainsi. Continuons donc notre route vers l'Espagne, franchissons les Pyrénées, et dans une heure, maintenant que le vent est tombé, je vous promets que nous atterrirons sans encombre de l'autre côté. »

Le passage au-dessus des montagnes, par cette belle nuit de printemps, et dans cette atmosphère lumineuse, si particulière au pays basque, fut quelque chose de vraiment féerique. Nos deux voyageurs ne pouvaient se lasser d'admirer la merveilleuse succession de sommets et de pics qui se déroulait au-dessous d'eux, et, à chaque instant, c'étaient des cris de surprise ou d'admiration qui leur échappaient.

Or, Riquet n'avait pas trop présumé de son habileté de pilote et de sa chance.

Une heure plus tard, en effet, comme il s'y était engagé, l'aéroplane, à la grande stupéfaction des indigènes, accourus de toutes parts pour voir un pareil phénomène, atterrit, sans accident, dans un petit village espagnol, coquettement niché au fond d'une jolie vallée. Nos deux aviateurs demandèrent aussitôt qu'on leur indiquât une auberge où ils pussent passer la nuit, et on les conduisit à une petite posada (hôtellerie). Là, après avoir mis leur aéroplane en sûreté dans un grand hangar, ils s'attablèrent devant un dîner, où la morue salée — comme presque partout en Espagne — dominait d'une façon un peu excessive.

Mais ils venaient à peine de commencer à dîner que le bruit d'une automobile s'arrêtant devant la porte de l'auberge leur fit dresser l'oreille.

« Des automobilistes qui arrivent, fit Riquet, c'est vraiment une vraie chance ! Ce sont sans doute des touristes, et nous allons pouvoir passer la soirée ensemble ! Ce sera beaucoup plus agréable que de causer avec le patron de la posada.

— Oui, ajouta Foulayac, et j'en suis, pour ma part, d'autant plus satisfait que, te l'avouerai-je, je ne me sentais pas du tout en sécurité dans cette auberge de village, au milieu de ce pays perdu.

— Mon Dieu, mon oncle, mais de quoi donc avez-vous peur ?

— Mais de brigands, parbleu ! L'Espagne n'est-elle pas, avec la Calabre, le vrai pays des brigands ?

— Autrefois oui, répondit en riant Riquet, mais plus aujourd'hui. »

Foulayac, dont l'imagination courait déjà la pretentaine, allait protester et rappeler de fidèles souvenirs de lectures, lorsque, tout à coup, dans l'encadrement de la porte d'entrée où deux automobilistes venaient d'apparaître, Riquet et lui reconnurent qui ?... Chaffourin !... Chaffourin et son chauffeur !

Riquet et Foulayac furent sur le point de pousser un cri en voyant Chaffourin, mais la stupeur qu'ils éprouvaient était telle, qu'elle étrangla ce cri dans leurs gorges. Quant à Chaffourin, visiblement ennuyé de s'être laissé découvrir, il était demeuré sur place immobile, et il resta pendant quelques secondes sans parler, comme cherchant ce qu'il devait faire. Puis, se décidant tout à coup, et semblant oublier toutes ses rancunes passées :

« Ah ! vraiment, s'écria-t-il, quelle

heureuse rencontre ! Vous ! Vous ici !... »

Foulayac resta impassible.

« Eh ! quoi ! mon cher Foulayac, reprit Chaffourin. M'en voudriez-vous encore pour ma petite scène de l'autre jour ? Je vous l'ai faite dans un moment de colère, et je tiens à vous en adresser aujourd'hui, très sincèrement et très loyalement, toutes mes excuses !... Oubliez, je vous en prie, tout cela.

« Rappelons-nous le vers du poète et mettons-le à profit :

Soyons amis, Prosper, c'est moi qui t'en [convie !

Cette citation, dans laquelle Foulayac crut voir une intention ironique, fit éclater le gros épicier :

« Ah ! non, c'en est trop ! s'écria-t-il. Vous osez me proposer votre amitié, après tout le mal que vous m'avez fait ?... Vous osez me la proposer ici, où vous n'êtes venu que pour m'espionner ! Gardez votre amitié, monsieur !

— Mais pourtant ?...

— Inutile, monsieur, inutile ! Je ne tiens pas, en me réconciliant avec vous, à vous faciliter les moyens de faire de moi votre dupe. »

Et Foulayac prit, pour prononcer ces mots, une attitude si noble et si tragique, que Riquet, enthousiasmé, ne put s'empêcher de lui crier bravo !

« Tant pis pour vous ! fit alors Chaffourin, d'une voix sifflante. Vous n'aurez qu'à vous en prendre à vous-même de ce qui pourra vous arriver. »

Après quoi, il alla s'asseoir avec son chauffeur à un autre bout de la salle, tandis que Foulayac et Riquet, un peu émus par la scène qui venait de se passer, achevaient, mais en l'abrégeant, leur détestable dîner.

Le café pris, le petit mécanicien fit signe à son oncle de le suivre, et lorsqu'ils furent dehors, dans la cour de la posada :

« Eh bien, mon oncle, lui dit-il, est-ce assez clair, hein ?

— Quoi donc ?

— La présence de Chaffourin ici... Il n'y a plus de doute maintenant !... C'est bien son automobile, que nous avons aperçue, il y a quelques jours, aux environs d'Orthez. Le misérable a dû nous suivre jusqu'à Biarritz. Là, il a vu la direction que nous avons prise pour gagner l'Espagne, et il est venu nous y attendre en passant par Hendaye et la vallée de la Bidassoa.

— Ah ! le bandit ! Qu'est-ce qu'il va bien pouvoir manigancer contre nous ?

— Ça, je ne sais pas, mais, en tout cas, il ne nous faut pas demeurer ici trop longtemps. Nous repartirons demain matin, dès la première heure, et, cette nuit, au lieu de coucher dans les bonnes chambres du premier étage qu'on nous a réservées, nous coucherons sur des paillasses, dans le hangar où a été garé l'aéroplane.

— C'est tout à fait mon avis.

— Ainsi, s'il prenait fantaisie à cet affreux Chaffourin de venir détériorer notre appareil au cours de la nuit, nous serions là pour le recevoir.

— Parfaitement ! » acquiesça Foulayac.

Sans perdre de temps, Riquet donna alors l'ordre aux servantes de l'auberge d'installer dans le hangar de bonnes paillasses, et, quelques minutes plus tard, tous deux dormaient à poings fermés, comme on dort après une journée de fatigue, malgré toutes les émotions que l'on a pu avoir.

Or, nous allons voir que nos deux amis avaient peut-être eu tort de se coucher aussi tôt ce soir-là.

Vers minuit, en effet, au moment où le patron, à demi endormi, se préparait à fermer son auberge, où il n'y avait jamais eu des clients aussi attardés, une bande de gens assez étranges envahit brusquement la salle à manger où Chaffourin, en compagnie de son chauffeur, achevait, de fort méchante humeur, de prendre son café, tout en se demandant comment il pourrait bien parvenir à arrêter Foulayac dans son voyage.

Hommes et femmes, tous ces nouveaux venus étaient vêtus d'une façon misérable, mais curieusement pittoresque. On eût dit, à les voir, une troupe de baladins. Les hommes portaient de larges pantalons de drap brun, aux rapiéçages nombreux et de courtes vestes carrées, ornées de bambilles. Les femmes étaient en robes voyantes, aux couleurs heurtées et éclatantes. Tous avaient aux pieds des espadrilles, et on devinait, au hâle de la peau, qu'ils avaient l'habitude de vivre au grand air et de courir la montagne.

Le plus vieux de la bande, celui qui semblait commander aux autres, ne put s'empêcher de manifester un vif mécontentement, en voyant que la salle commune de l'auberge était déjà occupée par deux clients.

« Holà ! Pepita ! s'écria-t-il, en s'adressant à l'une des servantes de la posada, qui s'empressait, à ce moment-là, auprès de Chaffourin. N'y a-t-il pas une autre salle, où nous puissions être tranquilles ?

— Oh ! si, señor Antonio. Il n'y a justement personne dans celle qui est à côté.

— Eh bien, sers-nous dans cette pièce.

— Bien, señor Antonio. »

La servante, poussée par le vieil Espagnol, s'empressa d'exécuter l'ordre qui venait de lui être donné, et pénétra dans la salle voisine, où la bande la suivit.

« Ah ! çà, se demanda Chaffourin, qu'est-ce que peuvent bien être tous ces gens-là ? »

Et sa curiosité devint d'autant plus vive qu'à peine entrés dans la salle voisine, tous ces individus se mirent à tempêter et à parler à la fois, en tapant les tables à coups de poing, et en poussant des imprécations qui, malgré la porte fermée, ne laissaient aucun doute sur la très grande colère à laquelle ils étaient en proie.

Au même moment, la servante reparut. Chaffourin l'appela.

« Pepita, lui demanda-t-il, pouvez-vous me dire ce que sont les gens qui viennent d'arriver ?

— Je ne sais pas, monsieur » fit la bonne, visiblement ennuyée par la question qui lui était posée.

Chaffourin, sans être un fin psychologue, comprit qu'il n'obtiendrait rien de cette domestique, s'il ne déliait pas sa langue par un généreux pourboire, et, lui glissant une pièce d'argent dans la main :

« Eh bien, maintenant, lui demanda-t-il, me répondras-tu ? »

Pepita hésita pendant quelques secondes, en tournant et en retournant la pièce dans sa main, puis, après avoir jeté un regard vers la porte pour voir si elle était bien fermée, elle revint vivement vers Chaffourin, et lui dit à mi-voix, toute tremblante à la pensée qu'elle pourrait être entendue :

« Ce sont des contrebandiers.

— Ah ! ah ! fit Chaffourin. Et sais-tu pourquoi ils ont l'air si préoccupés et mènent un pareil tapage ?

— Oui !

— Pourquoi ?

— Parce qu'une bataille a eu lieu, ce soir, dans la montagne, entre eux et les douaniers français, et qu'un des leurs, l'un des plus habiles, l'un des plus fameux, a été fait prisonnier.

— Je m'explique maintenant pourquoi ils paraissent aussi surexcités !...

— Oh !... ce n'est pas seulement pour cela ! dit Pepita.

— Y aurait-il donc une autre raison à leur colère ?

— Oui !

— Laquelle ?

— Ils prétendent qu'il a fallu, pour que les douaniers français les aient ainsi surpris, qu'ils aient été dénoncés. Et ils se demandent naturellement qui a bien pu faire cette dénonciation. »

Ces mots furent un éclair pour Chaffourin. Il avait trouvé le moyen qu'il cherchait d'arrêter en cours de route son ennemi Foulayac.

Aussi, sans perdre une minute :

« Va dire au chef de la bande, ordonna-t-il à Pepita, qu'il y a ici quelqu'un qui désire tout de suite lui parler.

— Oh ! monsieur, s'écria la servante atterrée, vous n'allez pas dire à Antonio que je vous ai raconté tout cela !...

— Non, rassure-toi ! »

Et, lui montrant la porte :

« Allons, va !... va vite !... Je suis pressé ! »

La servante, après une dernière hésitation, entr'ouvrit la porte de la salle où se trouvaient les contrebandiers, et, toute tremblante à la pensée de ce qui allait advenir, elle appela celui avec qui elle avait causé quelques minutes plus tôt.

Le vieil Antonio apparut aussitôt. C'était un grand gaillard, très droit encore et très robuste pour son âge.

« Que me veux-tu ? fit-il en entrant, et en s'adressant à la servante.

— C'est moi qui désire te parler ! répondit Chaffourin, en s'avançant vers lui.

— Toi ? Qui es-tu d'abord ? riposta le vieil Espagnol, subitement méfiant.

— Peu t'importe ! Je viens pour te rendre un service.

— Un service ? A moi ?

— Oui ! »

Et, sans s'être concertés, comme d'un commun accord, les deux hommes firent signe à la servante de s'éloigner. Celle-ci, qui n'avait qu'un désir, c'est de ne pas être mêlée à toute cette affaire, s'empressa d'obtempérer à cet ordre.

Le chauffeur de Chaffourin, par discrétion, se retira aussi.

« Et maintenant parle ! fit le vieil Espagnol. Je t'écoute. »

Chaffourin, pesant tous ses mots, expliqua au contrebandier qu'un hasard lui avait permis d'apprendre le véritable métier de celui auquel il parlait, et qu'il n'ignorait pas à qui il avait affaire. Puis, avant qu'Antonio, stupéfait, eût pu placer un mot, il s'empressa d'ajouter que ce même hasard lui avait appris quel était l'individu qui les avait dénoncés aux douaniers français, et que, considérant, pour sa part, cette action comme une infamie, il n'avait plus qu'un désir, c'était de voir ce misérable châtié, ainsi qu'il le méritait !...

Les yeux du vieil Espagnol étincelaient de fureur.

« Tu me jures que tout ce que tu me dis là est vrai ? prononça-t-il.

— Je te le jure ! répondit l'odieux Chaffourin, dont la voix tremblait tout de même un peu en faisant un pareil serment.

— C'est bien !... »

Il était convaincu, tant est grande la foi qu'ont tous les Espagnols, qu'ils soient honnêtes ou non, dans l'acte du serment.

Antonio, comme semblant réfléchir, garda pendant quelques secondes le silence.

« Et tu dis, prononça-t-il ensuite, que tu connais le misérable qui nous a livrés, et qui est cause que l'un des nôtres a été blessé et fait prisonnier ?

— Oui !...

— Ah ! qui est-ce ?... qui est-ce ? s'écria-t-il alors brusquement en serrant les poings avec rage.

— C'est un individu du nom de Foulayac, qui se rend à Lisbonne en aéroplane !... D'ailleurs, c'est de cette façon qu'il a pu vous épier et vous dénoncer ensuite aux douaniers.

— En effet, en effet ! fit le farouche Antonio, nous avons remarqué dans la soirée cet aéroplane !... Et je me rappelle... je me rappelle maintenant... Il volait précisément au-dessus de nos têtes, au moment même où nous avons été surpris par les douaniers français !...

— Ah ! tu vois !... »

Mais le contrebandier ne laissa pas Chaffourin aller jusqu'au bout de sa pensée et, tapant sur la table d'un formidable coup de poing :

« Ah ! où est-il, le misérable ? s'écria-t-il. Où est-il, que je venge mon camarade ?

— Il est ici !

— Ici ?

— Oui, dans cette auberge, d'où il

doit repartir demain matin à la première heure !

— Eh bien, il va pouvoir bientôt recommander són âme à Dieu, je t'en réponds !...

— Que vas-tu faire ?

— Ça, prononça le vieil Espagnol d'un ton farouche, ça me regarde !... »

Et, après avoir remercié son interlocuteur de l'immense service qu'il venait de lui rendre, il rentra dans la salle où se trouvait toute sa bande.

« Allons, allons, s'écria Chaffourin, en se frottant les mains, je crois que je n'ai pas mal travaillé ! Foulayac n'est pas près d'arriver à Lisbonne ! »

Là-dessus, il alluma un excellent cigare et alla retrouver son chauffeur, qui l'attendait devant la posada, en regardant un groupe de jeunes gens et de jeunes filles qui dansaient le tango.

CHAPITRE IX

CHEZ LES CONTREBANDIERS

Le lendemain matin, avant même que le village se fût réveillé, Foulayac et Riquet sortirent, sans faire de bruit, l'aéroplane du hangar, et, après avoir vivement réglé leur note, ils demandèrent à un paysan la direction qu'il leur fallait suivre pour gagner Pampelune, sans rencontrer de trop hauts sommets.

« Tenez, leur répondit le paysan, en leur montrant un plateau très élevé qui se profilait au lointain, vous n'avez qu'à vous diriger de ce côté et à passer au-dessus de cette crête. Vous trouverez, sur son autre versant, la vallée de l'Anga, que vous n'aurez ensuite qu'à descendre.

— Merci, mon brave ! » répondit Riquet.

Et, après avoir glissé quelques sous dans la main du garçon, il revint à son appareil, qu'il s'empressa de remettre en marche, car il lui tardait de quitter ce village où s'abritait encore l'infâme Chaffourin.

Il faisait ce matin-là un vent du sud assez fort, si bien que l'aéroplane s'éleva très vite, et que Riquet put avoir la vision immédiate de ce qu'est la province espagnole de Navarre.

Mais notre jeune pilote n'eut guère le temps d'admirer l'immense plan en relief, boursouflé de cimes et de crêtes, qui, au-dessous de lui, semblait se dérouler à l'infini, car l'aéroplane ne tarda pas à arriver au plateau qu'avait indiqué le paysan espagnol et qu'il fallait franchir.

Pour cela, il était indispensable de s'élever encore. Riquet s'empressa d'effectuer la manœuvre nécessaire.

Mais à peine l'avait-il commencée que, soudain, un coup de feu retentit dans les airs.

« Ah ! le misérable ! s'écria aussitôt le petit mécanicien, s'imaginant que c'était Chaffourin qui avait tiré sur eux.

— Qu'y a-t-il ? Qu'y a-t-il donc ? riposta vivement son oncle. Serais-tu blessé ?

— Ah ! s'il n'y avait que moi de touché, répondit Riquet, d'une voix étranglée par l'émotion, ce ne serait rien !

— Que veux-tu dire ? »

Riquet n'eut pas le loisir de répondre, tant il lui fallut, au même instant, prêter d'attention au jeu des leviers.

En même temps que le coup de feu avait éclaté, en effet, il s'était aperçu que le gouvernail de direction avait été atteint et à moitié détruit par le choc d'une balle.

Dans ces conditions, il n'y avait plus qu'une chose à faire : laisser l'aéroplane descendre, et c'est à quoi se résolut notre petit ami, en entourant cette délicate opération de toute la prudence et de toute l'habileté dont il était capable.

L'aéroplane ne mit que quelques secondes pour atterrir, et, au moment même où il toucha le sol, nos deux voyageurs furent instantanément, et de toutes parts, entourés par une bande d'hommes et de femmes, aux figures menaçantes, et qui n'étaient autres que les contrebandiers et les contrebandières, dont nous venons de faire connaissance.

LE GOUVERNAIL AVAIT ÉTÉ ATTEINT

Au premier rang, parmi eux, se trouvait une jeune gitane, aux yeux hagards, qui tenait par la main un bébé de trois ans, et, de son bras resté libre, menaçait, en les injuriant, Foulayac et Riquet.

C'était Dolorita, la femme du contrebandier que les douaniers français avaient fait prisonnier la veille, et l'enfant qu'elle traînait derrière elle n'était autre que son fils, le petit Miguel.

« A mort ! ne cessait-elle de répéter, en tendant son poing vers nos deux amis. A mort, ceux qui ont livré mon mari, le père de mon enfant ! »

Le vieil Antonio fut obligé d'intervenir et, repoussant brutalement Dolorita :

« Arrière, toi ! s'écria-t-il. C'est moi qui suis le chef ici et qui commande ! »

Et, s'adressant à Foulayac et à Riquet, qui n'étaient pas encore revenus de leur surprise et de leur frayeur.

« Eh bien, mes gaillards, leur dit-il, vous voilà pris ! Cela vous montre la façon dont savent se venger les contrebandiers espagnols, lorsqu'on veut jouer au plus fin avec eux ! »

Nos deux amis se regardèrent interdits. C'étaient des contrebandiers !

Foulayac, en l'apprenant, manqua de défaillir, et ses jambes se dérobèrent sous lui. Le vieil Espagnol poursuivit :

« Par votre faute, du fait de votre lâche dénonciation, nous avons, hier, été surpris dans la montagne par les douaniers français, et l'un des nôtres — qui est peut-être mort à l'heure qu'il est ! — a été blessé et fait prisonnier. Nous allons donc vous garder en notre pouvoir, et si notre camarade, au lieu d'être relâché, est condamné, vous mourrez. »

L'oncle de Riquet, retrouvant tout à coup l'usage de la parole, car la perspective de mourir ne lui souriait que fort médiocrement, tomba aux genoux du vieil Espagnol.

« Grâce, monsieur le contrebandier, gémissait-il, grâce ! Nous sommes innocents ! Je suis un brave homme !... Mon neveu aussi !... Nous n'avons fait de mal à personne !

— Assez ! ordonna Antonio, d'un ton qui n'admettait pas de réplique. Assez ! »

Et, ce disant, il bouscula à tel point le pauvre Foulayac que celui-ci, perdant l'équilibre, alla rouler à plus de vingt pas.

Riquet, furieux de voir son oncle traité avec aussi peu de respect, intervint alors.

« Monsieur le contrebandier, s'écria-t-il, mon oncle vous a dit la vérité, l'exacte vérité ! Nous sommes innocents de ce dont vous nous accusez, et si vous avez été dénoncés, ce n'est pas par nous !

— Inutile de nier, mon garçon ! riposta le farouche Biscayen. On vous a signalés à nous !

— Qui donc ?

— Cela ne te regarde pas, et tu es trop jeune pour te permettre de discuter avec moi !

— Mais... !

— Silence, si tu ne veux pas que je te raccourcisse les oreilles, ou que je te les coupe au ras de la nuque ! »

Il n'y avait pas à répliquer, en présence de pareilles menaces.

D'ailleurs, à quoi bon discuter ? Riquet aurait eu beau faire, il ne serait pas arrivé à convaincre le vieux contrebandier, à la merci duquel lui et son oncle se trouvaient être maintenant.

En tout cas, la conviction de Riquet et celle aussi de Foulayac étaient faites, car il avait suffi entre eux d'un seul regard, pour qu'ils se comprissent.

C'était Chaffourin, l'abominable Chaffourin qui avait fait le coup !

Et cela désolait d'autant plus Riquet qu'il comprenait combien, l'eût-on laissé parler, il aurait été vain d'expliquer à tous ces bandits une histoire aussi compliquée que celle du testament de Pigassol et de la haine qui en était résultée à leur égard, de la part de leur ennemi Chaffourin.

Ah ! ce testament de Pigassol ! Où les avait-il menés ? Et, quant à l'héritage de deux millions, où était-il à l'heure qu'il est ? Dans quels nuages ? Dire, en effet, que c'était pour en arriver là, à être les prisonniers d'une bande de gueux, qu'ils avaient abandonné leur pays, leurs situations, leur vie tranquille !

Cependant, à mesure que leur revenait la faculté de penser, ils regardèrent machinalement l'endroit où ils se trouvaient.

C'était une sorte de haut plateau montagneux, entouré de toutes parts par des rochers abrupts, qui dressaient vers le ciel leurs cimes dentelées comme les créneaux d'un château fort. Ces roches étaient percées, à leur base, de grottes profondes, dont on devinait, çà et là, les orifices, dans le chaos de pierres éboulées qui les entourait. C'est là, dans ces grottes, que les contrebandiers mettaient en dépôt les marchandises qu'ils passaient ensuite clandestinement en France à travers les cols pyrénéens.

Un campement, formé de huttes semblables à des huttes de sauvages, se trouvait sur ce plateau.

« Ah ! çà, mais, nous voilà dans un pays de Peaux-Rouges ! » murmura entre ses dents Riquet, se rappelant les romans de Fenimore Cooper qu'il avait lus !

Et cette simple réflexion fit passer un fort désagréable frisson le long du dos du pauvre Foulayac, qui, oubliant qu'il n'était qu'en Espagne, se voyait déjà tournant à la broche, sous les regards gourmands et affamés de toute une tribu de cannibales (car, pour lui, Peaux-Rouges et cannibales c'était tout un) ! Or, tandis que Foulayac s'apitoyait ainsi sur son triste sort, Antonio s'était de nouveau approché de lui et de son neveu.

« C'est ici, leur dit-il, que vous allez demeurer nos prisonniers. Nul, sauf nous, ne connaît le chemin qui conduit à ce plateau, qui est réputé inaccessible. C'est donc vous dire que vous chercheriez vainement à vous enfuir. Vous n'auriez pas fait, en effet, dix pas au milieu de ces rochers que vous rouleriez dans des abîmes sans fond. »

Foulayac et Riquet se jetèrent le même regard éploré. Et, anéantis, incapables de protester davantage, tant ils étaient en proie au plus triste désespoir et au plus sombre découragement, ils se laissèrent conduire dans une sorte de grotte souterraine, où, pendant un gros moment, ils ne s'aperçurent même pas qu'on les avait enfermés.

Mais il n'est pas de stupeur qui ne finisse peu à peu par prendre fin, et quand le sentiment de la réalité leur fut revenu, tous deux se lamentèrent sur leur affreuse situation. Prisonniers ! Ils étaient prisonniers !

Riquet, à cette pensée, ne perdit pas courage. Quant à Foulayac, au contraire, sans rien trouver à dire, il éclata en sanglots, et la lointaine sonorité de la grotte répercuta, pendant quelques minutes, les douloureux gémissements qui s'échappaient de sa poitrine.

« Ah ! mon pauvre Riquet ! gémissait-il. C'en est fait de nous!

— Mais pourquoi, mon oncle ?

— Parce que le contrebandier qui a été pris par les douaniers sera condamné, parbleu !... Parce qu'il ne peut pas ne pas être condamné ! Et alors, tu as entendu ce qu'a dit leur vieux chef : nous serons mis à mort ! »

En même temps, une autre peur, et non moins atroce, s'était emparée de Foulayac, la peur de se sentir enfermé dans cette grotte sombre, où il lui semblait, à tout instant, que des animaux immondes, tels que des rats ou des serpents, venaient le frôler dans l'ombre. La moindre pierre qui craquait, en se désagrégeant, le moindre bruit qui lui arrivait du dehors par la fissure ignorée de quelque roche le faisaient tressaillir.

Ah ! quelle journée que cette première journée qu'ils passaient ainsi tous deux, côte à côte, dans ce sombre et silencieux souterrain !... Et quel soupir de soulagement ils poussèrent, lorsque, le lendemain matin, on vint les chercher pour leur faire prendre l'air pendant quelques minutes.

La première pensée de Riquet, lorsque, au sortir de la grotte, ses yeux se furent réhabitués à la lumière, ce fut de regarder si l'aéroplane se trouvait toujours à la place où il était tombé la veille.

Il y était toujours et Riquet en éprouva une joie indicible, car, tant que l'appareil resterait là, ce serait pour lui et pour son oncle l'espoir de pouvoir de nouveau s'envoler et continuer leur route !

Mais, à partir de ce jour-là, Riquet et Foulayac connurent un supplice aussi grand que celui d'être enfermés : c'est celui de se voir exhibés comme des bêtes curieuses, au milieu de ce campement d'hommes et de femmes, qui ne trouvaient pas assez d'injures à leur adresser.

Parmi les plus acharnés contre eux était Dolorita.

Elle ne pouvait pas apercevoir Foulayac et Riquet sans pousser des cris de colère, et elle s'efforçait, tout le long du jour, d'exciter contre les deux malheureux les vingt ou trente contrebandiers et contrebandières qui composaient la bande d'Antonio.

« Pourquoi attend-on pour les mettre à mort ? ne cessait-elle de vociférer. Qu'on les tue ! C'est tout ce qu'ils méritent ! »

Et il s'en fallut un jour de fort peu que toute la horde sinistre, ameutée par elle, ne fît un mauvais parti à nos deux amis.

Ce jour-là, Antonio fut obligé d'intervenir avec toute son autorité pour faire comprendre à ces hommes et à ces femmes, que, s'ils commettaient ce crime, — crime qui, malgré tout, pouvait être connu, — la justice française, pour les venger, ne manquerait pas de se montrer plus inflexible et plus sévère à l'égard de celui d'entre eux qu'elle détenait.

Cet argument eut raison de la soif

de vengeance qui animait toute la bande, et Foulayac et Riquet, à partir de ce moment-là, n'eurent plus rien à craindre d'elle.

Les promenades à travers le campement étaient les seuls moments à peu près supportables de l'horrible existence des prisonniers. Le plus petit incident devenait en effet pour eux un sujet de distraction.

Un jour, c'était l'arrivée inattendue d'une bande nouvelle de contrebandiers, qui, revenant d'une expédition lointaine, surgit tout à coup de tous ces rochers, sous les regards stupéfaits de Foulayac et de Riquet. Il en sortait de tous les côtés à la fois. On eût dit que, comme en un pays enchanté, chaque pierre s'entr'ouvrait soudain, pour livrer passage à l'un d'eux.

Une autre fois, c'étaient des aigles qui venaient planer au-dessus du campement ; et comme Riquet n'avait jamais vu de près ces grands oiseaux des montagnes, il prenait un intérêt extrême à suivre leurs évolutions. A maintes reprises même, il put assister à de violentes batailles entre eux, car aussitôt que l'un de ces rapaces s'était emparé de quelque oiselet, d'autres aigles accouraient instantanément de toutes parts, pour venir lui disputer sa proie. Il en résultait, entre tous ces grands oiseaux, des combats sans merci et qui devaient se terminer par de véritables carnages, sur les hauts sommets où, pour mieux se battre, ils allaient se réfugier.

Riquet trouvait aussi un très grand sujet de distraction dans le petit Miguel, qu'il s'efforçait de son mieux d'apprivoiser, lorsque sa mère n'était pas là, car, présente, elle n'eût jamais accordé la permission de parler à son fils à celui qu'elle accusait, bien à tort, d'avoir livré son mari aux douaniers français.

Malheureusement, Riquet eut beau être aimable avec le bébé et essayer de jouer avec lui, il ne parvint pas à l'amadouer. C'était, en effet, un petit être sauvage, qui semblait déjà avoir dans le cœur tous les mauvais instincts de sa mère.

Mais le plus grand plaisir de Foulayac et de Riquet, lorsqu'on leur ouvrait la porte de leur souterrain, c'était, chaque jour, de constater que leur aéroplane était toujours à la même place, là-bas, à l'autre extrémité du campement, à l'endroit même où il avait atterri, frappé par la balle d'un contrebandier.

« Oh ! pensait alors Riquet, dire que notre appareil est là, à quelques pas de nous, et que nous n'aurions, s'il était réparé, qu'à sauter dedans, pour échapper à ces maudits contrebandiers et nous envoler à travers l'espace ! »

Mais, hélas !... ce n'était là qu'un rêve... un rêve qui ne se réaliserait probablement jamais !

Comment, en effet, pour remettre l'aéroplane en état, effectuer une réparation qui durerait certainement plusieurs heures, et cela sous les regards de tous ces hommes et de toutes ces femmes, qui les surveillaient et les épiaient d'une façon pour ainsi dire incessante?

Néanmoins, depuis que cette idée avait germé dans son esprit, Riquet ne pensa plus à autre chose.

« A tout prix, se disait-il, il faut que je répare l'aéroplane ! Seulement, comment y arriver?... Comment?... »

Il n'allait heureusement pas tarder à en trouver le moyen.

Une nuit, en effet, que Foulayac et Riquet dormaient profondément dans leur grotte — il y avait, à ce moment-là, près de quinze jours qu'ils étaient prisonniers, — ils furent réveillés en sursaut par un roulement prolongé.

« Le tonnerre !... » s'écrièrent-ils, en même temps.

Mais le roulement, au lieu de s'atténuer, alla en augmentant pendant plusieurs secondes, et Foulayac et Riquet, qui s'étaient en même temps dressés sur la litière d'herbes sèches qui leur servait de lit, eurent tous deux la sensation que le sol se dérobait sous eux, puis se mettait à osciller. Quant au roulement qui les avait réveillés si brusquement, il décrut insensiblement d'intensité, puis, à mesure que le mouvement d'oscillation diminuait, s'éteignit au loin.

La même pensée leur vint alors aussitôt que c'était un tremblement de terre, et ils ne s'étaient pas trompés.

C'était bien, en effet, comme il arrive d'ailleurs fréquemment dans cette région des Pyrénées, une secousse sismique qui venait de se produire.

« Ah ! mon Dieu, s'écria Foulayac, se rappelant tout à coup les horribles descriptions de tremblements de terre qu'il avait lues, nous sommes perdus !... D'autres secousses ne vont pas tarder à se produire, et la terre va s'entr'ouvrir sous nos pieds ! »

Quelques minutes s'écoulèrent pour tous deux dans une angoisse indicible ; aucune secousse nouvelle ne se produisit heureusement. La terre, un moment ébranlée, semblait avoir repris toute sa stabilité.

Mais voilà que, tout à coup, les yeux de Riquet crurent apercevoir comme une clarté diffuse dans la profondeur sombre de la grotte.

Notre petit ami s'imagina d'abord qu'il était le jouet d'une illusion, mais, à mesure qu'il regardait dans la même direction, la clarté qui lui était apparue sembla se préciser, à tel point qu'au bout de quelques instants, il put distinguer les parois de la caverne et en discerner tous les détails.

« Ah ! çà, se dit-il, il y a donc une ouverture, de ce côté, que je n'avais pas encore remarquée ! Non, ce n'est pas possible !... Et pourtant c'est bien la lumière du dehors qui vient par là ! Nous allons bien voir ! »

Riquet se dirigea avec précaution, et en longeant les murs du souterrain, vers le fond de la caverne, et là, quelles ne furent pas sa surprise et sa joie, en constatant qu'un rocher venait de s'ébouler, laissant par sa chute une ouverture à travers laquelle on apercevait au dehors les montagnes rocheuses et le ciel rempli d'étoiles !

Le jeune prisonnier, se hissant à la force des poignets, passa sa tête à travers cet orifice, et il vit tous les contrebandiers et contrebandières, qui, sortis précipitamment de leurs huttes, discutaient, avec de grands gestes et de sonores éclats de voix, sur l'événement qui venait d'avoir lieu.

« Enfin ! s'écria-t-il, voilà, au moins, un tremblement de terre qui aura eu un heureux résultat !... Mais pourvu que cette ouverture soit suffisante pour que nous puissions, mon oncle et moi, passer au travers ! »

Il fit aussitôt l'expérience et constata, non sans un certain dépit, que s'il pouvait passer aisément, lui, jamais son oncle ne pourrait y parvenir.

Il redescendit prestement dans le souterrain et revint aussi vite que possible auprès du pauvre Foulayac.

« Eh bien, qu'est-ce que c'était que cette lueur ? s'écria celui-ci, lorsqu'il s'aperçut que son neveu revenait auprès de lui.

— Ce que c'est, mon oncle? riposta vivement Riquet. Eh bien, c'est le salut tout simplement !

— Le salut ?

— Parfaitement !... Le tremblement de terre, que nous avons ressenti tout à l'heure, a fait ébouler un rocher à l'extrémité du souterrain ! Un orifice s'est produit, par lequel je puis passer, mais dans lequel vous resteriez pris comme un lapin dans un collet. Je vais donc, sans perdre une minute, sortir de la grotte et me glisser à travers les huttes, sans qu'on me voie, jusqu'à l'aéroplane, que je réparerai aussi rapidement que possible ; et demain, lorsque nous ferons notre promenade, nous profiterons d'une minute d'inattention de tous ces drôles pour mettre le moteur en marche et pour nous échapper à leur nez !

— Alors, s'exclama Foulayac épouvanté, tu vas encore me laisser seul ?

— Dame, mon oncle, puisqu'il n'y a pas moyen de faire autrement !

— Oh ! mais c'est affreux, c'est épouvantable ! Je vais mourir de peur !

— Mais non, mon oncle ! Et voulez-vous que je vous donne un bon conseil ?

— Oui.

— Eh bien, recouchez-vous, et tâchez de dormir jusqu'à mon retour !

— Dormir, c'est facile à dire ! Il faut encore pouvoir ! »

Et, s'apercevant que son neveu n'était déjà plus à ses côtés :

« Riquet, s'écria-t-il, Riquet, où es-tu ? »

Mais Riquet était déjà loin ! Il était, à l'autre bout du souterrain, en train de se hisser de nouveau vers l'orifice miraculeux.

Ah ! quelle inoubliable minute d'émotion ce fut pour lui, lorsque, dans le silence angoissant de la nuit, et sous ces milliers et milliers d'étoiles qui, dans le ciel, semblaient des yeux pleins de sourire et d'encouragement, il se trouva seul — car tous les contrebandiers étaient rentrés dans leurs huttes, — en face de ce magnifique décor de montagnes !

Pendant quelques secondes, il fut obligé de demeurer immobile ! Son cœur battait si fort dans sa poitrine, qu'il lui semblait que ses battements allaient réveiller tout le campement !

N'était-ce pas fou, en effet, ce qu'il allait tenter ? S'il était découvert, qu'adviendrait-il ? Et de quelle vengeance raffinée le vieil Antonio et toute sa bande ne lui feraient-ils pas payer, à lui et à son oncle, sa juvénile témérité ? N'était-ce pas, au cas d'un échec, la mort pour tous deux ?

Mais, bah ! qui ne risque rien n'a rien ! Et Riquet n'était pas à l'âge où de sages raisonnements vous font renoncer à une entreprise aventureuse et belle.

Rampant au milieu des roches, tremblant, à chaque pas, de faire rouler quelque caillou, restant quelquefois à la même place pendant plus de dix minutes, lorsqu'il lui semblait avoir entendu quelque bruit suspect, il mit ainsi près d'une heure à gagner l'endroit où gisait l'aéroplane, dont la brise nocturne gonflait les ailes.

Là, il se trouvait heureusement à l'autre extrémité du plateau, loin des huttes, et il allait pouvoir travailler en toute tranquillité, sans crainte d'être découvert.

Il examina donc rapidement l'avarie qu'avait subie l'appareil et constata qu'il lui faudrait, au moins, quatre ou cinq heures de travail, pour en faire la réparation, — non pas une réparation définitive, mais une réparation provisoire.

RIQUET SE MIT AU TRAVAIL

Quatre ou cinq heures, c'était beaucoup ! Mais on n'était qu'au premier tiers de la nuit, et Riquet pouvait espérer avoir achevé sa besogne avant l'aurore.

Il se mit donc au travail avec acharnement, et le soleil était encore fort loin de se lever, lorsque, triomphalement, il put s'écrier :

« C'est fait !... J'ai fini ! »

Alors, sans tarder, et prenant les mêmes précautions qu'à l'aller, il se mit en devoir de regagner le souterrain.

Or, il ne s'en trouvait plus qu'à une centaine de mètres environ, quand une nouvelle secousse, mais formidable celle-ci, se produisit.

Ce fut tout à coup comme si dix canons avaient tiré à la fois. Le roulement, que répercutaient à l'infini les échos environnants, dura près d'une minute, et cette minute sembla durer tout un siècle. Le sol frémissait sous les pieds.

En même temps, de toutes les huttes, les contrebandiers et contrebandières étaient sortis, comme la première fois, poussant des cris d'effroi. Les enfants s'accrochaient aux jupes des femmes, et les femmes aux bras de leurs maris, pour leur demander protection.

Riquet pensa à son oncle, qui avait peut-être été englouti dans les profondeurs du souterrain, et lorsque l'oscillation se fut un peu calmée et que le bruit qu'elle avait provoqué se fut éteint au lointain, oubliant toute prudence, il se mit à courir comme un fou vers le trou par lequel, quelques heures plus tôt, il était sorti de la grotte ; mais quand il y fut parvenu, quelles ne furent pas sa désolation et sa stupéfaction !...

Un nouvel éboulement de roches s'était produit, qui avait rebouché l'ouverture par laquelle, quelques instants plus tôt, il avait pu sortir des profondeurs de la grotte !

Alors, désolé, ne sachant que faire, il se retourna pour regarder autour de lui.

Un homme se trouvait à ses côtés !... C'était le vieil Antonio !

CHAPITRE X

ÉMOUVANT SAUVETAGE

Riquet, en voyant le vieil Antonio apparaître tout à coup devant lui, resta cloué sur place, incapable de faire un mouvement, ou même de pousser un cri.

D'ailleurs, le chef des contrebandiers ne lui en laissa pas le temps.

« Ah ! mon gaillard ! s'écria-t-il, nous voulions profiter de cette catastrophe pour nous enfuir !... Eh bien, pour vous apprendre, à toi et à ton oncle, à rester bien tranquillement dans les prisons où on vous enferme, vous ne verrez plus la lumière du jour jusqu'au moment où on vous en sortira définitivement, soit pour vous rendre, contre rançon, votre liberté, soit pour vous pendre. »

Deux hommes, sur l'ordre de leur chef, s'emparèrent de Riquet et le réintégrèrent dans le souterrain, où il trouva son malheureux oncle dans un état de prostration impossible à décrire.

Le pauvre bonhomme, que la dernière secousse terrestre avait achevé de désemparer, gisait sur le sol, anéanti, en poussant, de seconde en seconde, de petits gémissements plaintifs, qui, en toute autre circontance, eussent été fort divertissants à entendre, mais que Riquet, étant donnée la gravité de la situation ne put écouter sans en avoir l'âme fendue.

Aussi, pendant quelques instants, ne put-il rien obtenir de son oncle.

« C'est moi, Riquet, lui disait-il, en se penchant sur lui, et en prenant sa voix la plus douce pour lui parler. Voyons, n'ayez plus peur. C'est moi. »

Mais aucun son ne parvenait à s'échapper des lèvres contractées du pauvre Foulayac.

Et il fallut près d'une heure, avant que le gros épicier pût retrouver toute sa raison !

Riquet lui expliqua alors ce qu'il avait fait, et comment ensuite sa fâcheuse rencontre avec le vieil Antonio allait, et pour toujours, empêcher leur plan d'évasion de se réaliser.

Ce fut un coup terrible pour Foulayac. L'idée qu'il n'allait jamais plus quitter ce sombre souterrain lui fit passer un grand frisson dans le dos.

« Ah ! misère de misère ! gémissait-il en pleurant. Dire que nous allons tous les deux mourir ici, dans ce caveau, loin du jour, loin du monde ! Ah ! c'est affreux ! c'est affreux !...

— Qui sait ? murmura Riquet.

— Comment, qui sait ?... s'exclama Foulayac. Que veux-tu dire, en parlant ainsi, puisque nous n'avons plus rien à espérer ?

— Qui sait ? murmura une seconde fois le petit mécanicien. Qui sait ? »

Et comme Foulayac, impatienté, le questionnait de nouveau, il ajouta :

« Ne vous désolez pas, mon oncle ! Quelque chose me dit, à moi, que nous sortirons sains et saufs de cette aventure ! »

Riquet était sincère, en parlant ainsi. Ce n'était pas, en effet, pour consoler son oncle et lui donner du courage qu'il montrait un pareil optimisme ! Non, quelque chose (ah ! il ne savait pas quoi, par exemple !) lui disait que « tout cela finirait bien ».

Plusieurs heures s'écoulèrent sans que rien vînt distraire Foulayac et Riquet de leurs mélancoliques réflexions. La brèche faite au souterrain par le tremblement de terre avait été rebouchée avec le plus grand soin. Quant à l'ordre donné par Antonio, il allait, sans nul doute, être exécuté à la lettre. On n'allait même plus accorder aux deux prisonniers les promenades à travers le campement qui, jusqu'à ce jour, avaient été leur seule distraction.

Tous deux, sans rien oser se dire, tant les choses qu'ils auraient pu se dire étaient pénibles, réfléchissaient donc silencieusement à la tristesse de leur destinée, lorsque, tout à coup, un bruit de verrous les fit tressaillir.

Une clarté, venant du dehors, illumina aussitôt le souterrain, en même temps qu'une voix leur ordonnait :

« Allons, debout ! Le chef vous demande ! »

Foulayac et Riquet, malgré la lumière qui, pendant quelques secondes, les aveugla complètement, sortirent de la grotte, et ils furent amenés à Antonio. Celui-ci, à l'autre bout du plateau, aux côtés mêmes de l'aéroplane, les attendait, entouré de toute sa horde.

Hommes, femmes et enfants, presque tout le monde était là, et une joie — une joie féroce — semblait peinte sur tous les visages.

Nos deux amis, en voyant tournés vers eux tous ces regards sauvages et gouailleurs, comprirent aussitôt que quelque chose de grave se préparait, et ils tressaillirent des pieds à la tête, comme on doit tressaillir à l'approche d'un grand malheur.

ANTONIO ALLAIT BRULER L'AÉROPLANE

Ils n'allaient d'ailleurs pas tarder à savoir ce qui se tramait contre eux.

En effet, le vieil Antonio s'était avancé, et, s'adressant à Riquet :

« Je sais maintenant pourquoi tu es sorti cette nuit, lui dit-il. C'est pour réparer cet appareil et pouvoir t'enfuir, à un moment donné, avec ton oncle. Est-ce cela ? »

Riquet voulut ouvrir la bouche pour parler, mais ses lèvres se serrèrent nerveusement, et il ne put prononcer une seule parole.

« Allons, continua Antonio, je vois que j'ai deviné juste ! Vous vouliez vous enfuir d'ici ! Malheureusement vous avez tous les deux compté sans moi, et vous allez savoir ce qu'il en coûte. »

Ainsi, tout le travail effectué la nuit précédente par Riquet avait été découvert par les contrebandiers !.... Ils connaissaient la réparation faite par lui à l'aéroplane !... Dans leur colère, quelle vengeance redoutable et cruelle allaient-ils imaginer ?

Un geste — un geste fait par Antonio avant même qu'il parlât — allait révéler la cruauté de ses projets !

Le vieux contrebandier venait en effet de saisir un tison enflammé dans un feu de branches sèches qui avait été allumé à quelques pas, et, ce tison rouge, il se préparait à l'approcher des grandes ailes blanches de l'aéroplane !

Foulayac et Riquet poussèrent un cri de terreur.

Les bandits allaient brûler sous leurs yeux leur appareil ! Ils avaient tout prévu, tout, sauf cela !

Riquet se précipita aux genoux du vieil Antonio.

« Oh ! je vous en prie, s'écria-t-il, je vous en supplie ! »

Mais le vieux contrebandier le repoussa durement et, haussant les épaules en ricanant, il leva le tison enflammé !

Riquet et son oncle manquèrent défaillir. C'était leur dernier espoir de s'échapper, le dernier espoir d'arriver à Lisbonne dans le délai voulu, pour conquérir l'héritage de Pigassol, qui allait sous leurs yeux s'évanouir en une gerbe d'étincelles et de flammes !

Par bonheur, un véritable coup de théâtre allait se produire, qui, survenant pour ainsi dire miraculeusement, empêcha, tout au moins d'une façon momentanée, le vieil Antonio de mettre son projet à exécution.

A l'autre extrémité du campement, où quelques femmes étaient restées, s'occupant de travaux divers, des cris stridents venaient de s'élever.

C'étaient des femmes affolées, terrifiées, éperdues, qui les poussaient. Et parmi toutes ces voix, une voix, que Foulayac et Riquet connaissaient bien, dominait : celle de la farouche Dolorita.

« Mon enfant !... criait-elle. Mon enfant ! Mon enfant ! »

Tout le monde, en entendant ce bruit, avait naturellement tourné la tête, et on aperçut avec effroi un aigle énorme qui s'élevait dans les airs en tenant dans ses serres un petit enfant.

Cet enfant était le fils de Dolorita, le petit Miguel.

« Mon enfant !... Mon enfant ! » ne cessait de crier la mère, folle de douleur et tendant vers le ciel ses deux bras frémissants.

Mais l'aigle, sans se soucier de cette tragique douleur de mère, montait toujours et, comme pour narguer tous ces gens qui, au-dessous de lui, se démenaient, gesticulaient et l'injuriaient, il s'amusa, en planant, à décrire, au-dessus du campement, toute une série de grands cercles réguliers.

« Mon enfant !... Mon enfant !... Mon enfant !.... »

Toute cette scène avait été si inattendue, si soudaine, qu'aucun des contrebandiers n'avait eu la présence d'esprit de courir à une hutte, de sauter sur son fusil pour tirer sur l'oiseau de proie.

Mais, d'ailleurs, tirer sur l'aigle, n'était-ce pas un leurre, une folie ?... Ne risquait-on pas, en tirant, de tuer ou de blesser l'enfant ? Et, en admettant même que l'aigle fût blessé, n'aurait-il pas, sous l'effet de la douleur, lâché le pauvre petit Miguel, qui se serait infailliblement tué, en tombant d'une pareille hauteur ?

Aussi, tandis que l'aigle, emportant sa proie, continuait à monter, tout le monde, dans le campement, restait hébété, pétrifié, cloué sur place, incapable d'une volonté ou d'une décision.

Cependant, au bout de quelques minutes, l'énorme oiseau sembla s'arrêter dans son vol et se posa sur un sommet assez élevé, et qui surplombait de sa masse imposante le plateau sur lequel on se trouvait.

Ce fut comme un soulagement général.

Dix, vingt, trente phrases se croisèrent à la fois, en quelques secondes. Tout le monde parlait en même temps !

pied humain ne l'a jamais foulé ! »

C'était exact. Malgré de nombreuses tentatives, aucun homme ne pouvait se vanter d'avoir atteint cette cime abrupte. Les isards eux-mêmes — ces chamois des Pyrénées — ne parvenaient point à y accéder ! Les aigles seuls y régnaient en maîtres !

UN AIGLE S'ÉLEVAIT, EMPORTANT UN ENFANT

« Il s'est arrêté !

— Il a posé l'enfant !

— Le voilà qui s'envole de nouveau !

— Il se met à tourner au-dessus !

— Il ne lui a fait aucun mal !

— Vite ! Vite !... Courons ! »

Et déjà tous les contrebandiers s'élançaient à la fois vers le sentier rocailleux qui devait les conduire au sommet du pic.

Antonio les arrêta dans leur élan.

« Où allez-vous ?... Où allez-vous ainsi ? s'écria-t-il. Vous savez bien que ce pic est inaccessible, qu'aucun

D'ailleurs, à quoi eût servi la tentative d'escalade ?

L'aigle, qui n'avait posé l'enfant sur ces rochers élevés que pour se reposer quelques instants, venait à nouveau de le ressaisir, et tandis qu'un cri de rage impuissante s'échappait encore de toutes les poitrines, il reprit son vol effrayant vers les hauteurs du firmament.

Décrivant, ainsi que la première fois, de grands cercles réguliers, il monta, monta encore, et il fut bientôt à une telle altitude qu'il disparut presque à la vue !

Riquet se précipita vers l'aéroplane, dans le fuselage duquel était restée la lorgnette de son oncle, et, scrutant aussitôt le ciel, il indiqua du geste la direction dans laquelle l'oiseau s'enfuyait.

Son passage sur un nuage blanc, qui flottait dans l'atmosphère, permit de l'apercevoir pendant quelques secondes encore, puis il disparut derrière une crête de montagnes qui bornait l'horizon.

Dolorita poussa un cri qui n'avait plus rien d'humain et s'effondra à demi-morte, tandis que quelques femmes, compatissant à sa douleur, se précipitaient autour d'elle.

Quant aux hommes, eux, continuant à regarder la direction dans laquelle l'oiseau avait disparu, ils souffraient visiblement, dans leur amour-propre, de ne pouvoir rien faire, de se sentir si complètement impuissants en présence d'un pareil malheur.

Antonio, seul, ne s'était pas laissé aller au découragement général. Tandis que les autres se lamentaient et gémissaient, il se demandait, lui, où pouvait bien s'être réfugié l'aigle qui avait enlevé Miguel.

Sa conviction fut bientôt faite.

Etant donnée la direction qu'il avait prise, il n'avait pu aller que sur la Montagne Noire, un pic dont le sommet se trouvait environ à trois kilomètres. Du reste, en y réfléchissant, il se rappelait maintenant avoir souvent vu des aigles voler autour de ce sommet. C'était là, sur ce pic, que se trouvait, sans aucun doute possible, l'aire du rapace.

Mais à quoi servait de savoir cela ? Ce pic, comme le premier sur lequel l'aigle avait déposé sa proie, était inaccessible. Et d'ailleurs, en admettant même qu'il ne le fût point, ne faudrait-il pas plusieurs heures pour le gravir et arriver à son sommet?... Or, d'ici là, — c'est horrible d'y penser ! — que resterait-il du pauvre Miguel?

Le vieil Antonio, malgré toute sa force de volonté, ne put s'empêcher de proclamer non seulement l'impossibilité, mais encore la folie qu'il y avait à tenter le sauvetage du fils de Dolorita.

Mais il n'avait pas achevé que Riquet s'approcha de lui et lui dit, d'un ton résolu et sûr de lui :

« Si vous êtes incapable de sauver cet enfant, moi, je puis le faire !

— Toi ?

— Oui.

— Comment cela ?

— En allant en aéroplane sur ce sommet qu'aucun être humain n'a encore atteint !

— Tu ferais cela ?

— Je m'en charge ! répondit avec assurance Riquet. Seulement, il n'y a pas une minute à perdre si nous voulons arriver à temps.

— Alors va, s'écria le contrebandier, va vite ! »

Mais comme Riquet s'élançait déjà vers l'aéroplane, il le rappela :

« Tu me jures, au moins, que tu ne vas pas en profiter pour te sauver ?

Riquet étendit la main dans la direction de Foulayac.

« Est-ce que je ne vous laisse pas mon oncle comme otage ? » dit-il simplement.

Puis, sans attendre que le vieux contrebandier lui répondît, il courut à l'appareil, qui, par bonheur, se trouvait dans un terrain assez plat pour pouvoir, en roulant, prendre l'élan qui lui était nécessaire pour s'enlever.

Mais une crainte folle vint à Riquet qu'on eût vidé l'essence du réservoir?... Si, par malheur, il en était ainsi, c'était le sauvetage de l'enfant devenu impossible !

Un coup d'œil suffit à lui prouver que sa crainte était injustifiée. Le réservoir était encore, et aux trois quarts plein.

En une seconde, Riquet mit le moteur en mouvement et l'aéroplane, comme s'il eût compris que de son bon fonctionnement dépendait la vie d'un enfant, s'éleva légèrement dans les airs, sous l'œil à la fois ravi et stupéfait des contrebandiers.

Il y eut, sur ce haut plateau désert, quelques minutes solennelles et tragiques. Un grand silence s'était produit, et l'on n'entendait que le bruit du moteur, qui s'atténuait lui-même, à mesure que l'appareil montait vers le ciel.

L'aéroplane, semblant imiter ce qu'avait fait l'aigle quelques minutes plus tôt, décrivit ainsi toute une série de grands cercles au-dessus du campement ; après quoi, comme s'il eût pris une décision soudaine et définitive, il disparut dans la direction qu'avait suivie l'oiseau.

Une angoisse indicible s'empara de tout le monde. Et cette angoisse était telle que personne maintenant n'osait plus parler.

Seule, une voix s'élevait encore, mais brisée, lointaine, comme si elle fût sortie d'une tombe : c'était celle de Dolorita, qui, revenue à elle, recommençait à demander son petit Miguel.

« Mon enfant ! mon enfant ! ne cessait-elle d'implorer ! Je veux mon enfant ! »

Et cette plainte, qui s'élevait régulière, dans le silence qui l'entourait, avait quelque chose de si poignant que des larmes s'échappèrent de tous les yeux !

On s'efforça de faire comprendre à la malheureuse femme que Riquet était parti au secours du petit Miguel, et qu'en conséquence elle pouvait espérer le revoir. Mais, hélas ! elle n'arriva point, dans sa douleur, à comprendre les paroles de consolation et d'espoir qui lui étaient prodiguées, car toujours, de ses lèvres, continua à s'échapper, monotone et comme psalmodiée, la même plainte angoissée et tragique.

Oh ! cette attente !... Parut-elle assez interminable !

Riquet arriverait-il à sauver le petit Miguel ?

Tout le monde en avait eu le plus ferme espoir, pendant les premières minutes. Mais, à mesure que le temps passait, cet espoir alla en diminuant, et personne maintenant n'osait plus se regarder, de peur de se comprendre.

Tout à coup, un même cri s'échappa de toutes les poitrines.

« Le voilà ! »

En effet, l'aéroplane venait de réapparaître au-dessus d'une crête.

Malheureusement, cette apparition, quoique saluée par un cri de joie unanime, ne calma pas l'angoisse générale.

L'aéroplane était, en effet, entouré de toute une bande d'aigles menaçants, qui semblaient s'acharner après lui, comme pour le déchirer, et l'atmosphère retentissait au loin des cris stridents qu'ils poussaient.

A une minute même, ils s'approchèrent si près de l'appareil qu'on eût la sensation qu'ils allaient, à coups de bec, en trouer les ailes.

Deux ou trois contrebandiers se saisirent de leurs fusils et, avec une précision que leur auraient enviée Buffalo-Bill et ses cow-boys, ils tirèrent sur les oiseaux de proie, qui, blessés ou frappés à mort, s'abattirent du haut des airs, en laissant pendre tout ouvertes leurs grandes ailes brisées.

Et alors la même question, angoissante, se posa à l'esprit de tous :

« Le hardi petit sauveteur rapportait-il l'enfant ? »

Ce fut le brave Foulayac qui rassura tout le monde.

Il s'était, en effet, emparé de la lunette laissée par Riquet et, après l'avoir braquée sur l'aéroplane, il poussa ce cri, qui fut salué par un véritable hurlement de joie de tous les assistants : « L'enfant y est ! »

Décrire la scène qui s'ensuivit est impossible.

Tous les contrebandiers et contrebandières, comme s'ils étaient devenus fous, s'étaient mis à sauter et à gambader, tandis que, ne pouvant supporter cette suprême émotion, Dolorita se roulait par terre, en proie à une violente crise de nerfs !

Mais, pendant ce temps, l'aéroplane s'abaissait de plus en plus, et finit par prendre contact avec le sol.

Ce que fut, cette fois, son atterrissage, il est inutile de le dire !

Avant même que l'appareil eût touché terre, tous les contrebandiers et contrebandières s'étaient élancés vers Riquet pour lui serrer la main et le remercier !

Quant à Dolorita, revenue à elle, elle dévorait littéralement de baisers l'enfant qu'elle avait failli perdre et qu'on venait si miraculeusement de lui rendre.

écarter un instant tous ces vilains oiseaux, et c'est avec une joie sans pareille que le courageux Riquet avait pu, alors, saisir le petit Miguel dans l'aire où il avait été déposé évanoui par l'oiseau de proie.

Les vêtements qu'il portait l'avaient par bonheur préservé contre les serres acérées de l'aigle.

Quand Riquet eut achevé son récit, au milieu des bravos de tous, Dolorita s'avança vers le vieil Antonio :

LES AIGLES POURSUIVAIENT L'AÉROPLANE

Vingt voix s'entre-croisèrent !...

« Comment cela s'est-il passé ? demandait-on à Riquet. Comment as-tu fait pour sauver le petit Miguel ?... Vite, vite, raconte ! »

Et Riquet fut obligé de narrer en détail comment, après avoir, sur la Montagne Noire, découvert l'aire de l'aigle qui avait enlevé l'enfant, il avait été obligé de livrer une véritable bataille, non seulement à cet aigle, mais aussi à tous ceux qui étaient accourus de toutes parts pour lui disputer sa proie. La colère de tous ces rapaces, dès qu'ils l'avaient aperçu, s'était tournée vers ce gigantesque et nouvel oiseau, qui venait si inopinément leur enlever l'empire des airs, et pendant quelques minutes, affirma Riquet, il se demanda avec anxiété s'il sortirait vivant de toute cette aventure.

Cependant les crépitements du moteur avaient heureusement fini par

« Antonio, lui dit-elle, je te demande la liberté du sauveur de mon enfant.

— Je te l'accorde ! » répondit simplement le vieux contrebandier.

Et, s'approchant de Riquet, il lui dit, d'une voix que l'émotion faisait trembler encore :

« Mon garçon, tu viens non seulement de nous rendre un service que nous n'oublierons jamais, mais aussi d'accomplir un de ces actes d'héroïsme qui rachète bien des fautes. Malgré tout le mal que tu as pu nous faire, toi et ce vieillard qui t'accompagne (il désigna Foulayac, qui fit la grimace en s'entendant traiter ainsi), nous avons à cœur d'oublier le mal fait, pour ne nous rappeler que le service rendu.

« Tu es libre, ainsi que ton oncle.

— Ah ! merci, señor Antonio, merci ! s'écria Riquet. Mais puisque aujourd'hui tu veux bien nous écouter, laisse-moi rétablir la vérité. Nous ne sommes pas de vils dénonciateurs comme tu le crois, et ce n'est pas nous qui vous avons signalés aux douaniers français.

— Pourquoi parler encore de cela ? fit le contrebandier, ennuyé de voir le tour que prenait la conversation.

— Mais, parce que nous avons à cœur de nous justifier à tes yeux ! » riposta avec autorité Riquet.

Et alors, avec un ton de franchise qui ne put laisser au vieil Espagnol aucun doute sur la sincérité de celui qui parlait, il expliqua les circonstances dans lesquelles il avait, ainsi que son oncle, entrepris un long voyage en aéroplane, et celles aussi qui avaient fait naître la haine sournoise dont les poursuivait, au cours de ce voyage, l'odieux Chaffourin. Et il fit à son interlocuteur un portrait si net et si précis de ce vilain bonhomme, que le chef des contrebandiers, reconnaissant celui qui lui avait, quelques jours auparavant, dénoncé Riquet et Foulayac, ne douta plus une seconde qu'il eût été mystifié. Aussi, ce fut lui, qui, finalement, se confondit en excuses auprès de nos deux amis qu'il avait si malencontreusement gardés prisonniers pendant près de quinze jours.

Or, sur ces entrefaites, et comme un bonheur n'arrive jamais seul, Antonio et sa bande eurent une autre joie.

Ils virent, en effet, ce même jour, revenir parmi eux celui des leurs qui avait été fait prisonnier, et qui, au péril de sa vie, était parvenu à s'enfuir et à regagner la haute montagne, par des sentiers escarpés, et que seuls connaissent les contrebandiers.

Une fête fut donc organisée pour célébrer le double événement, mais Foulayac et Riquet étaient si pressés de se remettre en route, qu'ils préférèrent ne pas y assister.

D'ailleurs, Riquet était non seulement pressé d'arriver à Lisbonne dans le délai voulu, mais il l'était surtout de retrouver le misérable Chaffourin et d'exercer sur lui une vengeance éclatante.

CHAPITRE XI

LA CAPTURE DE CHAFFOURIN

Foulayac et Riquet volèrent longtemps sans se dire un mot, comme pour savourer plus à l'aise la joie de leur liberté reconquise. Riquet fut cependant obligé de se préoccuper de la direction que suivait son appareil.

« Mon oncle, demanda-t-il, avez-vous votre carte et votre boussole ?

— Oui, mon enfant, répondit ce dernier. Elles ne m'ont heureusement pas quitté, au cours de notre captivité. Les voici. »

L'opération ne fut que l'affaire de quelques minutes pour Riquet, qui commençait à avoir une grande habitude de se servir de la boussole et des cartes. Une autre question, et non moins importante, se posa alors à son esprit, Combien de temps restait-il pour arriver à Lisbonne ?

« Il nous reste sept jours, déclara Foulayac.

— Non, repartit vivement Riquet, il ne nous en reste que six ! »

Et il sortit de sa poche une petite baguette, qu'il avait, dès le premier jour de captivité, ramassée dans le camp des contrebandiers, et sur laquelle, chaque soir, il avait soigneusement fait une petite encoche, à la façon des boulangers de province qui, lorsqu'on ne les paie pas tous les jours, marquent ainsi le nombre des miches qu'ils ont livrées.

Le calcul de Riquet était exact. Il lui restait en effet six jours pour effectuer les huit cents kilomètres qui, à vol d'oiseau, le séparaient, ainsi que son oncle, de Lisbonne. C'était plus que suffisant, à la condition cependant de ne pas tomber une nouvelle fois dans les mains de contrebandiers, ni dans celles de Chaffourin.

« Bast !... s'écria avec insouciance Foulayac, le misérable devait être tellement persuadé, en nous livrant, que nous resterions pendant de longs mois les prisonniers du vieil Antonio et de sa bande, qu'il a dû retourner à Albi, où il doit dormir, à l'heure qu'il est, sur ses deux oreilles.

— Croyez-vous ? » fit Riquet.

Et, sans en dire plus long, il montra du doigt à son oncle une petite automobile rouge qui, en bas, dans le creux d'une vallée, suivait les détours sinueux d'une route. Foulayac saisit aussitôt sa lunette, pour examiner, si possible, les voyageurs qui étaient dans cette automobile, mais l'aéroplane franchit, à ce moment-là, une crête pour passer dans une autre vallée, et l'automobile rouge disparut ainsi brusquement à ses yeux.

« C'est stupide, Riquet, s'exclama-t-il alors, d'un ton furieux. Tu aurais bien pu faire un virage, pour me permettre de me rendre compte !

— Non, s'écria catégoriquement le petit pilote ; je suis payé pour savoir tout ce qu'il peut arriver d'imprévu au cours d'un voyage. Je suis donc décidé maintenant à ne plus m'arrêter sans une raison sérieuse. »

Quelques heures après, nos voyageurs descendaient à Pampelune, où leur arrivée suscita naturellement une curiosité générale et où, tandis que son oncle visitait la ville, Riquet employa la fin de l'après-midi à faire réparer l'aéroplane, d'une façon plus complète.

Puis, le lendemain matin, dès la première heure, on se remit en route, dans la direction de Burgos.

Les premières heures du voyage, dénuées de tout incident, furent monotones, mais charmantes.

Nos deux voyageurs, qui, les poumons remplis d'un air vif et léger, éprouvaient une joie indicible à voguer dans l'azur et dans la lumière, et à écouter le moteur qui chantait, traversèrent ainsi l'Ebre aux flots écumants, dont ils purent, pendant quelques instants, admirer la pittoresque et sauvage vallée ; puis ils se trouvèrent de nouveau dans une région montagneuse et boisée, qui leur rappela, avec moins de grandeur cependant, les hauteurs pyrénéennes, audessus desquelles ils avaient passé, quelques jours plus tôt.

De belles forêts, aux arbres séculaires, s'échelonnaient aux pentes de ces montagnes, et le soleil, qui accrochait ses rayons aux fines aiguilles des sapins, semblait répandre sur elles comme une impalpable poudre d'argent.

« Oh ! mon oncle, s'écria tout à coup Riquet, en montrant une belle prairie, entourée de tous côtés de bois ombreux, si nous nous arrêtions là pour déjeuner ?

— Bonne idée, répondit Foulayac, car il est près de midi, et je commence à avoir, au creux de l'estomac, de petits tiraillements fort désagréables et qui me prouvent péremptoirement que j'ai grand'faim. »

Et, quelques minutes après, Riquet et Foulayac, agréablement assis sur l'herbe, savouraient, tout en devisant gaiement, le jambon et le fromage qu'ils avaient eu le soin d'emporter de Pampelune.

Leur haine commune de Chaffourin et les quinze jours de captivité qu'ils avaient passés au camp des contrebandiers firent, comme bien on pense, les frais de la conversation.

Ni Riquet ni Foulayac n'avaient, en effet, abandonné l'idée de se venger de leur ennemi, mais alors que le petit mécanicien envisageait la chose avec calme et sang-froid, le gros épicier, au contraire, ne pouvait, en caressant ce projet, s'empêcher de frémir.

« Ah ! le gueux, s'écria-t-il, le gueux !... Si je le tenais là entre mes mains, quel plaisir j'aurais à lui tordre le cou comme à un poulet !... quelle joie j'éprouverais à... »

Il ne put achever, car, la colère l'ayant congestionné au point de transformer, en quelques secondes, sa figure en une énorme pivoine rouge épanouie, il fut pris d'une terrible quinte de toux.

ILS DÉJEUNÈRENT SOUS DE GRANDS ARBRES

« Allons, allons, mon oncle, calmez-vous ! » fit alors Riquet en lui tapant dans le dos.

Mais Foulayac, au lieu de se calmer, s'exaspéra à tel point que son neveu, pendant quelques secondes, put croire qu'il allait avoir, sous ses yeux, une attaque d'apoplexie.

Un pareil malheur ne se produisit heureusement pas, et la colère de l'épicier finissant peu à peu par s'atténuer, il put enfin faire signe qu'il étouffait et avait besoin de boire.

« Qu'à cela ne tienne ! s'écria Riquet, en prenant dans le fuselage une bouteille vide. Je vais aller vous chercher de l'eau. »

Mais il eut beau regarder autour de lui, il n'aperçut aucun ruisseau et fut obligé, pour tâcher d'en trouver un, de s'enfoncer dans le bois à l'orée duquel on s'était installé pour déjeuner.

Or, il n'avait pas disparu depuis une demi-minute que, tout à coup, il entendit un cri déchirant.

Il n'y avait pas à s'y tromper : c'était son oncle qui venait de le pousser.

« Ah ! mon Dieu ! s'exclama Riquet pris de peur, que vient-il encore de lui arriver ? »

Et, se mettant à courir, il revint aussitôt sur ses pas.

Un spectacle effrayant l'attendait. Devant un énorme taureau en fureur, Foulayac fuyait à toutes jambes, en poussant des cris qui n'avaient plus rien d'humain !

Mais, malheureusement, la bête était plus prompte que l'homme, et le gros épicier — d'ailleurs empêtré par l'encombrant costume de caoutchouc qu'il portait — n'avait pas fait trente mètres, que le taureau, fonçant sur lui, lui plantait deux vigoureux coups de cornes dans les reins et l'emportait au-dessus de son col comme un trophée de victoire.

Il se produisit alors une explosion formidable.

« Ah ! mon oncle ! s'écria Riquet en joignant les mains. Mon pauvre oncle, c'en est fait de lui !... »

Par bonheur, ce n'était pas Foulayac lui-même qui avait éclaté : ce n'était que son costume pneumatique !

Le taureau, fier de sa conquête, voulut la faire tournoyer triomphalement au bout de ses cornes, mais, le morceau de caoutchouc dans lequel elles étaient plantées ayant cédé, il s'ensuivit que Foulayac fut lancé comme par une fronde et, heureusement pour lui, alla tomber, à une quinzaine de mètres plus loin, sur un petit tertre gazonné, dont les herbes et les mousses lui rendirent la chute aussi douce que possible.

A ce moment, le taureau, comme désemparé de ne plus sentir l'homme au bout de ses cornes, se mit à mugir furieusement, puis à gratter le sol avec ses sabots !...

Il piaffa ainsi pendant une dizaine de secondes ; après quoi, apercevant Foulayac qui se relevait à grand'peine, il bondit de nouveau dans sa direction.

Mais Riquet, se rendant compte que son oncle ne se tirerait peut-être pas, comme la première fois, sans blessure d'un nouvel assaut de la bête en furie, se lança bravement au-devant du taureau, afin de détourner sur lui sa colère.

Le monstre, apercevant ce second adversaire, eut comme une surprise, comme un étonnement, et, se demandant quel était celui des deux qu'il allait poursuivre, il s'arrêta sur place, en creusant de nouveau le sol avec fureur.

Ce court instant d'hésitation fut le salut pour nos deux amis.

Foulayac en profita, en effet, pour se réfugier sur un rocher assez difficile à gravir, mais qu'il escalada néanmoins avec une agilité qu'il n'aurait certainement pas eue en toute autre circonstance, étant donnés sa corpulence et son âge.

Quant à Riquet, prompt comme un écureuil, il avait grimpé sur un arbre.

Il était temps que nos deux voyageurs se missent ainsi en sûreté !

A peine y étaient-ils, en effet, que dix, vingt, trente taureaux, plus farouches et plus sauvages les uns que les autres, accouraient de toutes parts et envahissaient la prairie.

Riquet et Foulayac, sans s'en douter, étaient tombés dans une *ganaderia*, c'est-à-dire dans un élevage de taureaux pour courses !

Les taureaux, sans se soucier que leur venue faisait perdre un temps précieux à nos deux voyageurs — que, par instants, ils regardaient d'un œil indifférent et vague, — passèrent ainsi toute l'après-midi, à gambader et à folâtrer au travers de la prairie.

De temps en temps, l'un d'eux s'approchait de l'aéroplane et le reniflait avec curiosité, au grand émoi de Foulayac et de Riquet, qui, chaque fois, se demandaient avec angoisse si la fantaisie n'allait pas le prendre de trouer d'un coup de corne l'une de ses ailes.

Des heures et des heures passèrent ainsi.

Ce ne fut que le soir, lorsque le soleil se fut couché à l'horizon et que la nuit commença à tout envelopper de ses ombres violettes, qu'un à un les taureaux quittèrent la prairie et allèrent, dans le bois, chercher le gîte où ils avaient sans doute l'habitude de passer la nuit.

Foulayac et Riquet, après qu'ils eurent disparu, attendirent un gros moment avant d'abandonner les postes élevés sur lesquels ils s'étaient mis en sûreté, puis, après s'être concertés, ils en descendirent quatre à quatre, et coururent à leur appareil, qu'ils se hâtèrent de mettre en marche pour quitter au plus vite cette peu habitable *ganaderia*.

Et il était près de minuit, lorsque, par une de ces claires nuits étoilées, qui sont si belles en Espagne, ils arrivèrent dans la vieille cité castillane de Burgos.

C'est là qu'ils couchèrent et que,

pendant toute la nuit, Riquet fut obligé de soigner son oncle, qui, en proie à une fièvre intense, eut des cauchemars terribles. Il lui semblait, dans son délire, qu'il avait à ses trousses tous les taureaux de l'Espagne !

Puis, pour rattraper le temps perdu, ils repartirent de Burgos, le lendemain matin à l'aurore, ce qui leur permit d'éviter la foule des curieux, et, comme il faisait, ce jour-là, une journée tout à fait propice à l'aviation, Riquet décida qu'il marcherait aussi vite que le lui permettait son appareil.

L'aéroplane passa ainsi, faisant quatre-vingts kilomètres à l'heure, au-dessus de Valladolid, traversa le Douro en vue de Zamora, et enfin, vers le soir, arriva dans la plaine de Salamanque.

Là, une nouvelle aventure, qui aurait pu avoir les suites les plus fâcheuses pour nos deux voyageurs, les attendaient.

Comme Riquet, qui venait de s'apercevoir qu'il n'y avait presque plus d'essence dans le réservoir, s'apprêtait à atterrir dans un petit village dont il venait de découvrir les toits de briques rouges sur les bords écumeux d'un torrent, il remarqua, non sans étonnement, que toute la population de ce village se trouvait massée à son entrée.

« Tiens, tiens ! se dit-il, on dirait que tous ces gens-là ont été prévenus de notre venue et nous attendent ! »

Et, en même temps qu'il se faisait cette réflexion, une autre pensée lui vint aussitôt à l'esprit :

« Est-ce que Chaffourin n'y serait point par hasard pour quelque chose ? »

Mais il n'eut même pas le temps de faire part de son appréhension à son oncle que des coups de feu, tirés dans la direction de l'aéroplane, crépitaient brusquement, et que des balles sifflaient à ses oreilles et se perdaient à travers l'espace.

« Oh ! oh ! s'écria Riquet, voilà des gens qui nous ménagent un bien désagréable accueil ! Le plus simple, pour ne pas avoir d'ennuis, est de leur brûler la politesse. »

Et, maniant ses leviers avec une adresse sans pareille, Riquet s'arrangea pour faire faire à son monoplan un tel bond en hauteur, qu'il se trouva instantanément hors d'atteinte des projectiles.

Malheureusement, la fatalité devait, une nouvelle fois, s'acharner après les deux voyageurs, car, au même moment, l'une des pales de l'hélice se détacha et partit comme une flèche à travers les airs, laissant l'appareil, désemparé et incapable de se diriger, « piquer du nez » vers le sol, malgré les efforts désespérés de son petit pilote pour le maintenir en équilibre dans l'atmosphère.

La chute fut des plus rapides, et ce fut miracle si Foulayac et Riquet s'en tirèrent sans blessures.

Cependant, la violence du choc, lorsqu'ils touchèrent le sol, fut telle, qu'ils restèrent, pendant quelques secondes, comme étourdis.

Mais il y a des circonstances où l'on trouve soudain en soi des énergies ignorées; et la circonstance présente était de celles-là.

Riquet et son oncle, sentant confusément le danger auquel ils étaient exposés, firent un effort surhumain pour reprendre presque instantanément leurs esprits, et lorsque les paysans, brandissant des pioches, des fourches ou des faulx arrivèrent sur eux pour leur faire un mauvais parti, ils les trouvèrent debout, et sinon prêts à leur tenir tête, du moins bien décidés à ne pas se laisser honteusement frapper à terre.

Ce fut alors vers les deux aviateurs une effroyable ruée d'hommes, de femmes et d'enfants.

« A mort, les sorciers ! criait cette populace affolée et qui semblait ivre de sang, à mort ! »

Et déjà faulx, fourches et pioches s'apprêtaient à tomber sur nos deux malheureux amis, lorsqu'un vieillard à barbe blanche, et dont la vue seule inspirait le respect, fendit les rangs de cette foule en délire, et s'écria, de la voix impérative d'un homme qui n'aurait pas admis qu'on lui désobéît :

« Que personne ne touche à ces gens-là ! »

C'était l'alcade du village qui avait parlé ainsi.

Tous, hommes, femmes et enfants, se tournèrent en même temps vers lui, et tous les bras levés pour frapper s'abaissèrent comme par enchantement.

Le vieil alcade n'avait eu qu'à commander pour être aussitôt obéi par tout le monde, tant la crainte respectueuse qu'il inspirait était grande !

Il y eut quelques secondes de silence et de stupeur, pendant lesquelles l'alcade promena sur tous ces paysans surpris, et qui, maintenant, baissaient la tête d'un air penaud, un long regard de commisération.

« Ainsi, brutes que vous êtes, prononça-t-il, voilà la façon dont vous comprenez les lois de l'hospitalité et dont vous recevez les étrangers qui vous font l'honneur de venir chez vous ? Pourquoi avez-vous fait cela ? »

Personne n'osa souffler mot.

« Ah ! çà, s'écria alors l'alcade, allez-vous me répondre ? »

Alors, un jeune Espagnol, qui semblait avoir plus d'audace que les autres, sortit des rangs et s'avança vers le vieillard :

« Si nous allions mettre à mort cet homme et cet enfant, fit-il, c'est parce que ce sont des sorciers.

— Des sorciers, dis-tu ?

— Parfaitement ! Et la preuve, c'est qu'au lieu de venir ici par la route, ils sont venus par le ciel !

— Par le ciel ?

— Oui, grâce à cet appareil infernal, et que tu peux voir là, à leurs côtés ! »

L'alcade sourit en apercevant le monoplan. Il savait, en effet, alors que ses administrés l'ignoraient, ce que c'était qu'un aéroplane. Aussi, s'empressa-t-il de rassurer, en quelques mots, tous ces paysans et paysannes, en leur expliquant que l'appareil qui les avait tous mis en un pareil état

LA CHUTE FUT RAPIDE MALGRÉ LES EFFORTS DE RIQUE.

était dû aux progrès de la science moderne.

Cependant, le jeune homme qui causait avec l'alcade ne voulut pas tout de suite avouer sa sottise.

« Mais pourquoi l'homme qui est passé tout à l'heure dans une automobile rouge nous avait-il prévenus de la venue à travers les airs de ce grand oiseau, en nous disant qu'il portait dans ses flancs deux sorciers ?

— Parce que cet homme est un misérable ! répondit Riquet en s'avançant, un misérable qui cherche à nous faire tout le mal qu'il peut. »

Et, en quelques mots, il expliqua à son tour à tous ces gens-là le but que poursuivait Chaffourin à leur égard.

Le pressentiment qu'avait eu, quelques instants plus tôt, notre petit ami ne l'avait donc pas trompé.

Le soulèvement de ce village contre eux, c'était encore un coup de Chaffourin !... Le vilain bonhomme avait trouvé ce nouveau moyen pour les empêcher d'arriver à leur but dans le temps voulu. Il allait s'efforcer de soulever sur leur passage tous les villages se trouvant sur leur route, de façon que, si par hasard ils s'arrêtaient dans l'un d'eux, ils fussent aussitôt reçus à coups de fusil ou à coups de fourche.

Malheureusement... ou heureusement, l'abominable gredin — car c'était décidément un gredin ! — avait compté sans l'intervention du vieil alcade, qui, au moment opportun, avait comme par miracle arraché nos deux amis à l'affreuse mort qui les attendait.

Le digne vieillard se confondit alors en excuses vis-à-vis des deux étrangers et, ayant à cœur de leur faire oublier le méchant accueil qui venait de leur être fait, il leur offrit de venir se reposer chez lui de la terrible émotion qu'ils avaient éprouvée.

Ils acceptèrent naturellement avec le plus vif empressement cette offre aimable et se rendirent chez l'alcade, où ils furent aussitôt fêtés comme on l'est en Espagne, où l'hospitalité n'a vraiment d'égale que celle qu'on reçoit en Écosse.

Toutefois, l'agrément de cet accueil ne fit pas oublier à Riquet qu'il avait à examiner de fond en comble son aéroplane, dont bien des rouages pouvaient avoir été faussés par la chute

RIQUET SE MIT A RÉPARER L'HÉLICE

vertigineuse à laquelle nous venons d'assister, et ce fut avec un véritable découragement et une extrême désolation qu'il s'aperçut, dès le premier coup d'œil, qu'il allait lui falloir une grande journée de travail pour réparer et remettre en place la pale de l'hélice qui était détachée et qu'un paysan avait heureusement retrouvée, toute faussée, dans un champ rocailleux, à plus de deux cents mètres de l'endroit où l'appareil avait atterri.

Aussi, tandis que son oncle, se fiant à l'ingéniosité débrouillarde de son neveu, se pavanait à travers le village, où tout le monde le regardait maintenant avec admiration, Riquet se mit au travail avec acharnement, et, prenant à peine le temps de dormir et celui de manger, il travailla sans repos ni trêve avec l'aide du maréchal ferrant de la localité, et le lendemain, sur le coup de minuit, il put enfin, et on devine avec quelle joie, annoncer à son oncle que le dommage était tout à fait réparé.

Alors, comme on n'avait plus maintenant que deux jours, deux jours seulement, pour arriver à Lisbonne, il fut décidé qu'on se remettrait en route, le lendemain matin, dès le lever du soleil, c'est-à-dire dès quatre heures du matin.

Tout le village se leva naturellement pour assister à leur départ, et lorsque, sous le regard étonné de tous ces gens, la grande libellule s'envola à travers l'espace, il y eut bien encore quelques-uns d'entre eux qui, malgré ce qu'avait affirmé l'alcade, murmurèrent à voix basse, et non sans un certain effroi :

« Oh ! sûrement, des gens qui volent comme des oiseaux, ce sont des sorciers ! »

Riquet et Foulayac étaient, ce jour-là, très émus,... plus émus et plus soucieux qu'ils ne l'avaient encore été au cours de tout leur voyage.

N'ayant plus que deux jours devant eux pour arriver, le moindre incident, le plus petit retard pouvait, en effet, leur faire perdre irrémédiablement la partie.

Si encore Chaffourin eût été loin ! Mais non, Chaffourin était là, tout près, qui, invisible mais présent, les surveillait, les épiait. Il était là, au-devant d'eux, les précédant dans le pays, les devançant dans les villages au-dessus desquels ils allaient être obligés de passer ou, ce qui était plus grave, de s'arrêter.

Or, comment l'éviter ?... Comment lui échapper ?

C'était à cela que pensait Riquet, lorsque, tout à coup, de la main gauche que lui laissait libre la direction du volant, il se frappa le front.

— J'ai trouvé, s'écria-t-il, j'ai trouvé ! »

Riquet venait d'avoir une idée ingénieuse. Il en fit aussitôt part à l'oncle Foulayac.

« Au lieu de suivre la ligne droite pour aller à Lisbonne, s'écria-t-il, et d'entrer en Portugal par Valencia, nous allons descendre un peu plus au sud, ce qui ne nous retardera que de quelques heures, et nous y entrerons par Elvas.

— Pourquoi cela ? demanda Foulayac, qui ne comprenait pas encore le plan de son neveu. Pourquoi nous écarter de la ligne directe, puisque nous sommes déjà si en retard ?

— Pourquoi, mon oncle ?... Mais tout simplement pour dépister Chaffourin, qui doit, à l'heure présente, nous précéder sur la route de Valencia, et pour ne pas nous exposer, si nous avons à descendre dans quelque village, à être de nouveau reçus à coups de fusil.

— Bravo, bravo ! Ton idée est tout simplement admirable ! proclama Foulayac.

— En route pour Elvas ! »

Et, prenant, grâce à la boussole, la direction du sud, l'aéroplane franchit la sierra de Gata, traversa le Tage sur le coup de midi et arriva enfin vers six heures du soir à Elvas.

Riquet, exténué d'avoir conduit l'aéroplane pendant seize heures de suite, déclara qu'on allait y passer la nuit.

L'accueil sympathique qui leur fut fait par la population de cette jolie petite ville portugaise, leur prouva tout de suite que Chaffourin n'y avait pas paru.

Tout permettait donc de supposer qu'il était enfin dépisté !

Or, à peine l'aéroplane venait-il d'atterrir que Riquet vit accourir vers lui deux ou trois individus en uniforme.

C'étaient les douaniers portugais !

Ils venaient faire payer à nos deux voyageurs un droit d'entrée pour l'appareil dont ils venaient de descendre, mais comme c'était la première fois de leur vie qu'ils voyaient un aéroplane et que la loi portugaise —

comme la loi de tous les pays, d'ailleurs, — n'avait pas encore prévu ce nouveau moyen de transport, ils se trouvèrent aussitôt fort embarrassés pour établir le montant de la taxe.

« C'est un ballon, déclara l'un, et il n'y a pas de taxe pour les ballons.

— Non, riposta vivement un autre, c'est une auto aérienne, et comme telle, elle doit être taxée au même taux que les simples autos.

— Enfin, fit un troisième, nous ne pouvons pas prendre une décision à cet égard avant d'avoir reçu des ordres de l'administration des douanes. »

A ces mots, Riquet frémit. Il n'ignorait pas, en effet, ce que sont les lenteurs des administrations dans tous les pays du monde, et il voyait déjà son appareil confisqué pendant des jours et des jours ! Or, n'était-il vraiment pas désolant d'arriver si près du but, pour se voir ainsi, et pour une pareille futilité, immobilisés ?

Riquet et son oncle se décidèrent à aller expliquer leur cas aux autorités de la ville, et, ayant confié leur appareil à la garde d'un des douaniers, ils se dirigèrent vers l'hôtel de ville d'Elvas. Mais ils n'avaient pas fait cent mètres dans cette direction que Riquet laissa tout à coup échapper un cri de surprise.

Au détour d'une ruelle, il venait d'apercevoir, arrêtée et vide, l'automobile rouge, qu'il avait si souvent remarquée au cours du voyage, et qu'il aurait certainement reconnue entre mille autres : l'automobile rouge de Chaffourin !

Ce fut comme un éclair.

Il comprit, en une seconde, que Chaffourin avait déjoué son plan, et, ne le voyant pas passer à Valencia ou dans les environs de cette ville, était vivement venu le rejoindre à Elvas.

Or, où se trouvait-il en ce moment, puisqu'il n'était pas dans sa voiture ?

Mais, parbleu, il se trouvait aux côtés de l'aéroplane, qu'il était peut-être en train de détraquer d'une façon irrémédiable, tandis que ses propriétaires s'en étaient étourdiment éloignés !

Aussi, Riquet ne prit pas le temps d'approfondir davantage sa pensée. Saisissant le bras de son oncle, qu'il entraîna à sa suite, au risque de le faire plus de dix fois tomber, et laissant les douaniers tout ahuris par cette fuite soudaine, il se mit à courir vers l'endroit où était resté l'aéroplane.

« *OU ME CONDUIS-TU AINSI ?* »

Il était temps qu'ils y arrivassent.

Riquet, en effet, avait deviné juste.

Un homme se trouvait dans le fuselage de l'appareil, en train de manipuler les manettes et les leviers de transmission pour les mettre définitivement hors d'usage, et, cet homme, c'était Chaffourin !

« Ah ! le drôle, le misérable, le bandit ! s'écria Riquet, abandonnant vivement la main de son oncle, qu'il tenait encore. Je t'y prends !... Je t'y prends enfin ! »

Et trouvant, en un nouvel éclair de pensée, ce qu'il fallait faire pour se venger de lui, il bondit vers l'aéroplane, mit son moteur en mouvement et sauta dans le fuselage. Puis, avant même que Chaffourin, surpris et décontenancé par cette arrivée soudaine, ait eu le temps de sauter à terre, il l'enleva à travers les airs, aux applaudissements de toute la foule, qui, sans avoir compris le petit drame qui venait, en quelques secondes, de se dérouler sous ses yeux, acclamait, comme il le méritait, le superbe envol du bel oiseau mécanique.

CHAFFOURIN ÉTAIT SUR LE PIC D'OSSA

Chaffourin, en se sentant enlevé à travers les airs, poussa un cri de terreur.

« Au secours ! cria-t-il, au secours ! »

Mais sa plainte se perdit à travers l'espace et demeura vaine. Comment eût-on pu, en effet, à moins d'avoir des ailes, aller au secours du malheureux que Riquet emportait malgré lui, vers les hauteurs azurées du firmament ?

Chaffourin cria ainsi à tue-tête pendant quelques minutes, mais ses cris furent bientôt couverts par le bruissement du moteur, et la petite ville d'Elvas avait en bas disparu lorsqu'il se décida enfin à se calmer et à se taire.

« Eh bien, mon bonhomme, c'est nous, cette fois, qui sommes pris ! » lui dit alors Riquet, en le narguant gouailleusement.

Ces mots transformèrent instantanément l'affolement de Chaffourin en une colère folle :

« Ah ! petit gueux, riposta-t-il, petit gueux, tu vas me descendre tout de suite ou sinon...

— Ou sinon ? »

Le patron de l'Épicerie Moderne, le rival de Foulayac, ne trouva rien à répondre.

Que pouvait-il, en effet, contre Riquet ? Rien !... N'était-il pas, pour le moment, pieds et poings liés, à sa merci ? Et d'ailleurs, le moindre geste, la moindre menace à l'égard du petit pilote, ne pouvaient-ils pas être la cause immédiate de quelque grave accident, dont il aurait peut-être été la première victime ?

Chaffourin se contenta donc de ronger silencieusement son frein, et, même, ce qui valait mieux, de se radoucir.

« Mais enfin, finit-il par demander anxieusement à Riquet, tandis que l'aéroplane continuait son vol à travers les airs, où me conduis-tu ainsi ?

— Oh ! rassurez-vous, répondit le petit mécanicien, je ne vous conduis ni dans les oubliettes d'un vieux château, ni dans le sombre cachot de quelque vieille prison. Non, je vous conduis simplement dans un endroit d'où il vous faudra au moins deux jours pour retourner à Elvas, ce qui nous permettra. à mon oncle et à moi, d'arriver demain soir, et dans le délai voulu à Lisbonne, sans avoir, une nouvelle fois, le grand déplaisir de vous retrouver sur notre route. »

Et, en effet, deux heures plus tard, Riquet, malgré les cris et les supplications de Chaffourin, déposait le vilain bonhomme sur l'un des plateaux les plus élevés de la sierra d'Ossa, un plateau presque inaccessible où il allait passer, à la belle étoile, une nuit fort désagréable, et d'où il lui faudrait au moins toute la journée suivante pour redescendre, en admettant même qu'au cours de cette descente il ne se cassât point quelque membre.

En tout cas, Riquet était tranquille pour la journée du lendemain, qui devait être la dernière journée du voyage, celle dont dépendait la réussite ou l'échec de l'entreprise.

Il était sûr, pendant ces dernières heures, de ne plus rencontrer sur sa route l'odieux Chaffourin !

CHAPITRE XII

LA DERNIÈRE JOURNÉE

Allons, debout, mon oncle, il faut partir ! »

Puis, tandis que son oncle procédait aux soins de sa toilette, Riquet se rendit aux bureaux de la Douane.

Les douaniers avaient bien transmis, comme ils l'avaient annoncé, un rapport à leur administration, mais, naturellement, ils n'avaient pas encore reçu la réponse et ne pouvaient point, par conséquent, encore dire à Riquet quel droit il lui fallait payer, pour faire entrer, fût-ce par la voie aérienne, son aéroplane dans le royaume de Portugal.

« Mais, s'écria alors Riquet, cette réponse, quand l'aurez-vous ?

— Peut-être dans huit jours, répondit avec calme le douanier de service. Peut-être dans dix !... Peut-être dans quinze !

— C'est bien ce que je craignais, fit notre petit ami, mais je n'ai pas le temps d'attendre. Je suis très pressé, et il faut que je reparte aujourd'hui même !

— Impossible !

— Pourtant !

— Impossible ! » répliqua le douanier, qui, cette fois, laissa tomber ce mot d'un ton qui n'admettait pas de réplique.

Et Riquet, désolé, eut beau supplier, rien n'y fit. Le douanier demeura inflexible et ne voulut rien entendre.

« C'est bien, déclara le petit mécanicien, je sais ce qui me reste à faire ! »

Et, faisant claquer sur lui la porte, il quitta le bureau de la Douane, puis, lorsqu'il fut dehors, prit ses jambes à son cou, afin de gagner au plus vite son hôtel.

Comme s'il avait deviné le plan de Riquet, le douanier était, à son tour, sorti et s'était mis à sa poursuite. Mais Riquet l'eut vite dépassé.

Par une chance inespérée, la première personne qu'il aperçut, en arrivant devant l'auberge, fut son oncle, qui en sortait.

« Vite, vite, mon oncle, s'écria-t-il, partons vite ! »

Et, sans lui donner d'explication, il entraîna Foulayac, ahuri, vers le hangar où était remisé l'aéroplane. Il était temps, car le douanier, qui avait retrouvé sa trace, apparaissait à l'autre extrémité de la rue.

Mais il était trop tard, car l'aéroplane s'enleva, pour ainsi dire, à son nez, à sa barbe, sans qu'il pût rien faire, et prit son essor dans le brouillard léger qui enveloppait, ce matin-là, la petite ville d'Elvas encore endormie.

L'AÉROPLANE S'ENLEVAIT DANS LES AIRS

Ainsi, la dernière journée de voyage était arrivée !

Qu'allait-elle être, cette journée ?... Quelles joies ou quelles déceptions allait-elle apporter à nos deux compatriotes ? Nul ne le savait encore !... Nul n'aurait pu le prévoir !

Ce qu'il y a de certain, c'est que Foulayac et Riquet, comprenant tous deux l'importance de cette dernière étape, n'osaient se confier aucun de leurs espoirs ni aucune de leurs appréhensions, par crainte de l'inconnu que représentaient encore pour eux les dernières heures de cette journée.

Le temps, si beau la veille, s'était, ce jour-là, considérablement modifié. De gros nuages flottaient, en effet, dans l'atmosphère, et la sierra d'Ossa, toute proche, et dont il fallait traverser la pointe occidentale pour se rendre à Lisbonne, était déjà noyée dans le brouillard.

« Oh ! oh ! pensa Riquet, un peu inquiet, voilà le temps qui se gâte ! »

Et comme l'aéroplane arrivait, à ce même instant, sur un gros nuage sombre, le petit mécanicien s'empressa de manœuvrer son équilibreur, pour gagner vivement de la hauteur.

Bien lui en prit, car, d'une façon presque foudroyante, d'énormes nuées arrivaient de partout, comme pour donner un assaut aux montagnes. Et, en quelques minutes, il en surgit tellement de tous les côtés, que les cimes et les crêtes disparurent, pour ainsi dire, totalement dans une mer d'ouate. Seuls, les hauts pics émergeaient çà et là, pareils à des îles.

Riquet et Foulayac eurent ce spectacle féerique, et bien connu des gens qui ont fait de la montagne, de voir au-dessous d'eux un océan de nuages, tandis qu'ils se trouvaient, eux, dans le soleil et dans l'azur.

Cette vue était merveilleuse et leur aurait, en toute autre circonstance, arraché des cris d'enthousiasme et d'admiration.

Malheureusement, nos deux aviateurs ne pouvaient plus reconnaître exactement leur chemin à travers l'espace, car ils n'avaient plus maintenant, pour se conduire, aucun point de repère.

« Ah ! maudits soient ces brouillards ! s'écria Riquet. S'ils ne se dissipent pas, tout est perdu, et nous n'arriverons jamais ce soir à Lisbonne ! »

Malgré le temps qu'il allait perdre, le petit pilote se décida à faire ce que font en pareil cas les capitaines de navires, lorsqu'ils ne peuvent, à cause d'une tempête, rentrer dans un port.

Il se mit à louvoyer, en faisant décrire sur place à son appareil l'habituelle série de grands cercles planés.

Il louvoya ainsi une heure, cependant qu'au-dessous, dans les nuages sillonnés d'éclairs, l'orage sévissait et que le tonnerre grondait.

La situation devenait de plus en plus critique, et Foulayac, croyant la partie perdue, ou, tout au moins, gravement compromise, se mit à se lamenter.

Le pauvre homme, anéanti, gisait comme une loque aux côtés de son neveu. C'étaient tous ses rêves de fortune et de vengeance commerciale qui s'envolaient, cette fois, et pour toujours, en fumée !

Riquet eut tant de peine de le voir dans un pareil état, qu'il voulut essayer de le consoler.

« Voyons, mon oncle, lui dit-il, ne vous désolez pas ainsi ! Quatre ou cinq heures, en marchant bien, nous suffiront pour arriver à Lisbonne, si une éclaircie se produit. Par conséquent, rien n'est définitivement perdu. Il y a encore de l'espoir !... Allons, mon oncle, du courage !

— Vraiment, demanda Foulayac, tu crois que nous pouvons encore arriver ?

— Mais oui, mon oncle, mais oui ! »

Par bonheur, les nuages se déchirèrent, au même moment, comme dans un décor de féerie, et Riquet put rassurer son oncle, en lui montrant les collines et les vallées qui réapparaissaient au-dessous des brouillards, dans la lumière dorée du soleil.

« Enfin, s'écria Foulayac, en se rassérénant. Nous sommes peut-être sauvés ! »

Riquet sourit. Il fallait être son oncle, son vieux poltron d'oncle, pour avoir pu douter une minute !

Le petit pilote, faisant son point, remit alors vivement l'aéroplane dans la bonne direction, qu'il venait de retrouver d'une façon si opportune ; mais, malgré toute sa joie de pouvoir enfin continuer sa route, il n'était pas sans inquiétude au sujet du temps qu'il venait ainsi de perdre à faire des ronds inutiles à travers l'atmosphère.

Néanmoins, il se mit en devoir de rattraper les heures perdues.

Or, sur ces entrefaites, et tandis que l'aéroplane, qui venait de passer sur le sommet d'une crête, débouchait par la voie aérienne au-dessus d'une vallée, un spectacle, dont nos deux voyageurs devaient éternellement conserver le terrible souvenir, s'offrit tout à coup à leurs yeux.

La petite rivière qui coulait au fond de cette vallée s'était, au cours de l'orage précédent, transformée en un torrent furieux, et ce torrent, dont les eaux noires et pleines de la boue descendue des montagnes voisines bondissaient avec un bruit de tonnerre au milieu des rochers qui, de toutes parts, semblaient vouloir se dresser pour les arrêter dans leur course éperdue, ravageait tout sur son passage : les bosquets qui, en temps normal, devaient l'ombrager, et les fermes bâties sur ses rives, et dont les toits de chaume étaient emportés comme de simples brins de paille.

C'était, en quelques minutes, en quelques secondes, la dévastation et la ruine d'un pays, un instant plus tôt riant et prospère.

Toute la vallée était déjà inondée, et, au milieu des lacs bouillonnants qui, de tous côtés, se formaient dans les plis et les creux du terrain, de petites îles émergeaient, qui représentaient les endroits les plus élevés de la région ; et, sur chacune de ces îles, des familles entières, fuyant le désastre, s'étaient réfugiées en un indescriptible affolement.

Du haut de leur aéroplane, et malgré le bruit infernal que faisait le torrent en se brisant contre les rocs, Foulayac et Riquet entendaient les clameurs dont tous ces malheureux faisaient retentir les airs.

Et ce spectacle était d'autant plus lugubre, d'autant plus sinistre que, maintenant que l'orage était passé, il se déroulait dans la joie implacable d'un magnifique soleil de mai.

« Oh ! les pauvres gens, les pauvres gens ! » ne cessait de murmurer Riquet, à mesure que l'aéroplane passait au-dessus des fermes et des hameaux dévastés par cette soudaine catastrophe.

Et, comme il avait un cœur d'or, il ne put s'empêcher de songer à tout ce que ce désastre soudain représentait d'espoirs perdus, et allait apporter après lui, pour tous ces malheureux, de misères et de ruines.

Mais les ruines et les misères ne sont que peu de chose quand il n'y a pas mort d'homme, et il est malheureusement rare que de pareils cataclysmes ne s'accompagnent point de la perte de bien des vies humaines.

Or, il allait peut-être en être ainsi, cette fois !

En effet, en passant au-dessus d'un village, qui se trouvait situé dans l'un des endroits les plus bas de la vallée, et que, pour cette raison, les eaux avaient envahi presque complètement, Riquet et Foulayac aperçurent, sur la petite place de ce village, une quinzaine de personnes, hommes, femmes et enfants, qui n'avaient pas pu s'échapper et étaient déjà cernées par les flots.

Quelques minutes encore, car le torrent grossissait d'instant en instant, et tous ces malheureux allaient probablement périr d'une façon épouvantable !

« Il faut les sauver, s'écria Riquet, n'écoutant que son cœur, il faut les sauver à tout prix. »

Et bien que le temps qu'il allait employer à ce nouveau sauvetage lui fût nécessaire pour arriver avant le soir à Lisbonne, bien que l'accomplissement de cette bonne action constituât, pour son oncle et pour lui, le renoncement à tous leurs espoirs et l'échec définitif de leur aventureuse tentative, il n'hésita pas une seule minute. Il se mit aussitôt en devoir de porter secours à tous ces malheureux qui, en voyant apparaître, d'une façon pour ainsi dire miraculeuse, l'aéroplane au-dessus de leurs têtes, et cela au moment même où ils se croyaient irrémédiablement perdus, étendirent vers lui des bras suppliants.

Il fallait se hâter, car il ne restait, sur la place du village, transformée en îlot, où tous ces pauvres gens, pareils à des naufragés, attendaient et imploraient du secours, qu'un espace restreint qui n'eût pas encore été envahi par les eaux ; par bonheur, c'était une bande de terre assez longue, où, une fois que l'aéroplane aurait atterri, il pourrait rouler pendant les trente ou quarante mètres qui lui seraient indispensables pour reprendre son vol à travers les airs.

Le monoplan, habilement piloté par Riquet, vint se poser sur l'îlot, apportant un salut inespéré à tous ces paysans et paysannes qui, quelques instants plus tôt, se croyaient voués à une mort certaine.

Ce fut alors vers l'aéroplane une poussée inimaginable !... Tous les hommes, comme les femmes et les enfants, se précipitèrent en même temps vers lui, et il y eut, parmi tous ces gens, à qui la peur avait fait perdre tout courage, toute raison, une bousculade furieuse.

La terreur de l'eau qui montait, qui montait toujours, était telle parmi ces pauvres diables, que tous voulaient être de la première fournée de sauvetage.

Aussi, Riquet, voyant la bataille qui se préparait, — et dont l'aéroplane allait probablement être la première victime — s'écria d'une voix forte, et où il mit toute l'énergie dont il était capable :

« Que personne ne bouge, ou je repars sans sauver personne ! »

Ces mots produisirent l'effet attendu, car le calme se fit aussitôt, succédant comme par enchantement à la bousculade et aux clameurs.

Riquet sortit du fuselage de l'aéroplane, et, avec un geste circulaire :

« Les enfants, d'abord, dit-il, les femmes ensuite, et pour finir, les hommes ! »

Et, désignant deux marmots apeurés, qui s'accrochaient désespérément aux jupes de leurs mamans :

« Allons, gamins, fit-il, montez les premiers. »

Les bambins, ne comprenant pas ce qu'on leur voulait, se mirent à pousser des cris, comme si on les égorgeait, et il fallut, pour qu'ils consentissent à se laisser sauver, que leurs mères les plaçassent elles-mêmes dans le fuselage.

Cinq minutes plus tard, Riquet avait le bonheur de déposer sur une colline voisine les enfants qu'il venait de sauver, et qu'il laissa à la garde de Foulayac.

Il était, en effet, inutile de ramener son oncle vers le lieu du sinistre. Mieux valait, en le laissant, avoir dans le fuselage une place de plus. C'était, chaque fois une personne supplémentaire que Riquet pouvait sauver.

Quand le hardi petit sauveteur revint pour la seconde fois à l'îlot, où les malheureux sinistrés l'attendaient anxieux, l'eau avait encore fait de nouveaux progrès, mais elle ne montait cependant pas assez rapidement pour que Riquet ne pût, cette fois, juger en un simple coup d'œil qu'il lui serait probablement possible, si aucun accident ne se produisait, de sauver tout le monde.

« Allons, allons, du calme, fit-il alors, tout le monde sera sauvé, je vous le promets. »

Et il était, en prononçant ces mots, si maître et si sûr de lui, qu'il redonna à tous de la confiance.

Le sauvetage put donc s'opérer avec la plus grande régularité, et l'on sait que quand les choses se font régulièrement, elles se font vite.

De l'îlot où il les prenait à la colline sur laquelle il les transportait, Riquet, sauvant d'abord, comme il l'avait dit, les enfants, puis les femmes, enfin les hommes, fit toute une série de voyages, mais à mesure que leur nombre augmentait, le petit mécanicien devenait de plus en plus perplexe.

« Arriverai-je à emporter tout le monde, comme je l'ai annoncé tout à l'heure ? » se demandait-il avec angoisse.

En effet, comme si le fleuve avait éprouvé une fureur soudaine, en voyant qu'on lui arrachait sa proie, l'eau s'était mise tout à coup à monter avec une rage folle. La bande de terre sur laquelle l'aéroplane atterrissait et roulait ensuite pour reprendre son vol diminuait. Quelques minutes encore et l'îlot entier serait envahi par les flots, rendant impossible la descente de l'appareil et le sauvetage des personnes qui restaient.

LES ENFANTS FURENT CONFIÉS A FOULAYAC

Mais, par bonheur, l'éventualité que redoutait Riquet n'arriva point.

Il put donc, sans avoir recours à une hâte qui risquait de tout compromettre, enlever les trois ou quatre malheureux qu'il lui restait encore à transporter.

Mais il était temps !

Dire la scène qui se passa lorsqu'il atterrit sur la colline pour la dernière fois est chose impossible !

Tous ces paysans et paysannes qui, en quelques heures, venaient de passer par les plus cruelles angoisses, se mirent à fondre en larmes, s'accrochant à Riquet pour le remercier et lui baiser les mains. Tous voulaient le toucher, l'embrasser, lui crier de plus près leur reconnaissance.

On a beau être modeste comme notre petit ami, ce sont là des instants pendant lesquels on a le droit, sans risquer d'être taxé d'orgueil, de se considérer avec une certaine satisfaction.

Mais, malgré le plaisir qu'il éprouvait à recevoir tous ces remerciements, qu'il sentait si sincères et si vibrants, Riquet ne put pas prolonger cette minute d'inoubliable émotion.

Il avait, en effet, perdu plusieurs heures à effectuer le sauvetage de tout ce monde, et il fallait maintenant, ces heures, qu'il cherchât à les rattraper, à supposer pourtant que la chose fût possible encore.

Aussi, après avoir rapidement serré la main de tous ces braves paysans, qui, tandis que l'aéroplane s'enlevait sous leurs yeux, lui envoyaient leurs saluts, il reprit son vol vers Lisbonne.

Malheureusement, Riquet avait perdu beaucoup plus de temps qu'il ne le croyait, et lorsqu'il se trouva seul avec son oncle dans l'appareil, et qu'il lui demanda l'heure qu'il était, il fut atterré en apprenant qu'il était quatre heures de l'après-midi.

Il lui restait à ce moment-là plus de 300 kilomètres à faire pour arriver à destination avant minuit.

La partie n'était pas perdue, mais elle était, en tous cas, à la merci du plus insignifiant accroc, du plus petit retard. Qu'une panne quelconque, même sans importance, vînt, en effet, à se produire, et on pouvait rester en route et échouer, pour ainsi dire, en vue du port.

Or, Riquet, qui, en toute autre circonstance, aurait conservé sa belle confiance et n'aurait pas douté de sa chance, était assez inquiet cette fois.

En effet, il venait de s'apercevoir que son moteur, dans lequel l'eau avait probablement pénétré, ne marchait plus comme il le devait, et que, la carburation se faisant mal, il y avait, à chaque instant, des « ratés ».

Que faire? Descendre pour essayer de mettre bon ordre à cela ? C'était encore perdre du temps ! Or, en un pareil moment, les minutes comptaient double ! Riquet se résolut à marcher, à marcher quand même.

Mais le sort, ce jour-là, devait lui être encore contraire.

Au bout de quelques kilomètres, en effet, les « ratés » du moteur devinrent de plus en plus fréquents, et celui-ci, haletant, s'essoufflant, perdant en quelque sorte sa respiration, — cette respiration artificielle qui communiquait à l'aéroplane sa vitesse conquérante, — finit par s'arrêter complètement.

L'appareil, comme un oiseau blessé à mort, commença à descendre lentement, et quelques secondes ne s'étaient pas écoulées, depuis le moment où le moteur s'était tu, que, déjà, comme une immense mouette blanche, l'appareil s'étalait sur le velours vert d'une prairie.

Le petit pilote fit un bond hors du fuselage, pour se rendre compte de ce qui se passait, et lorsqu'il eut jeté un coup d'œil sur le moteur pour l'examiner, sa physionomie refléta instantanément un tel chagrin et une telle angoisse, que son oncle, pressentant, hélas ! la réponse qui allait lui être faite, eut à peine la force de prononcer ces quelques syllabes :

« Eh bien, Riquet, qu'y a-t-il ?

— Il y a, mon oncle, s'écria le petit mécanicien, la voix toute tremblante, il y a que j'en ai, au moins, pour deux ou trois heures à réparer, et que, cette fois, c'en est fini, irrémédiablement fini, de l'espoir que nous pouvions avoir encore d'arriver ce soir à Lisbonne, avant minuit. »

Et comme si ses forces — devenues brusquement inutiles, puisqu'il n'y avait plus à lutter, — l'eussent tout à fait abandonné, il fondit en larmes, et pleura un grand moment, secoué par de gros sanglots, sans que son oncle, brisé lui aussi par son chagrin, pût trouver un seul mot pour le consoler.

Echouer, échouer ainsi, alors qu'on n'était plus qu'à quelques kilomètres du but ! Voir la partie perdue pour quelques heures, alors qu'on avait tout lieu de la croire gagnée ! N'était-ce pas enrageant ?

Foulayac et Riquet, auprès de leur appareil devenu une chose inerte, étaient si découragés, qu'ils n'avaient plus la force de rien faire et de rien dire. Et, regardant leur pauvre aéroplane qui gisait à terre, ils restèrent ainsi plus d'une heure, sans faire un seul mouvement, sans prononcer une seule parole.

Ce fut Riquet qui rompit le premier le silence :

« Voyez-vous, mon oncle, dit-il, le rêve que nous avions fait était trop grand, trop beau. Nous avons voulu tenter l'impossible.

— Tu as peut-être raison ! » murmura Foulayac, sans grande conviction.

Mais Riquet continua :

« Après tout, dit-il, consolons-nous d'avoir échoué, puisque nous n'avons échoué que pour avoir accompli ce qu'il était de notre devoir d'accomplir. Et qui sait, d'ailleurs, si nous n'aurons pas quelque jour la récompense de la bonne action que nous venons de faire, à l'encontre de notre intérêt et de notre profit ?

— Espérons-le ! » murmura Foulayac.

Et tandis que tous deux devisaient ainsi, dans le silence et la solitude, la brise, comme pour les narguer, se mit à gonfler les ailes de l'aéroplane et à les faire frissonner comme d'un nouveau désir de s'envoler.

CHAPITRE XIII

L'ARRIVÉE A LISBONNE

Nos deux amis, brisés par toutes les émotions et par toutes les fatigues de cette journée, étaient demeurés auprès de l'aéroplane immobilisé, se demandant s'ils allaient ou non continuer leur voyage ou reprendre le chemin de la France, lorsque, tout à coup, Foulayac, qui regardait sa montre, se dressant comme un ressort, poussa un cri de triomphe.

Riquet se leva à son tour :

« Qu'y a-t-il, mon oncle ? demanda-t il vivement. Qu'y a-t-il donc ?...

— Il y a, s'écria Foulayac, il y a que ma montre est arrêtée sur quatre heures, et je crois bien que j'ai oublié de remonter ma montre hier soir !

— Et alors ?

— Eh bien, alors, s'il en est ainsi, ma montre, au lieu de marquer, comme je le croyais, quatre heures de l'après-midi, pourrait marquer tout simplement quatre heures du matin !

— Quatre heures du matin ?... répéta machinalement Riquet.

— Mais oui, voyons, tu ne comprends donc pas ?

— J'avoue que non ! »

Et le petit mécanicien, voyant que son oncle levait les bras vers le ciel, comme pour le prendre à témoin de la limpidité de ses paroles, se demanda si la grande déception que le malheureux Foulayac venait d'éprouver ne l'avait pas rendu tout à fait fou !

Il n'en était rien heureusement, et Riquet eut presque aussitôt l'explication qu'il désirait.

« Voyons, Riquet, fit le gros épicier, c'est cependant bien simple !... Si ma montre s'est arrêtée à quatre heures du matin, elle continue à marquer quatre heures du matin, et il n'y a par conséquent aucune raison pour qu'il soit quatre heures de l'après-midi plutôt que trois heures, deux heures ou une heure...

— Mais c'est vrai, au fait ! » s'écria Riquet, dans le cerveau duquel la lumière se fit aussitôt.

Foulayac ayant, par un puissant effort de pensée, précisé ses souvenirs, articula lentement ces mots :

« Je me le rappelle très bien, maintenant : je n'ai pas remonté ma montre. »

Riquet se mit à faire de folles gambades.

Cependant, un doute lui restait encore.

Après tout, l'incident de la montre, s'il lui permettait d'espérer qu'il ne fût pas encore quatre heures, ne lui donnait tout de même pas la preuve qu'il fût moins.

Alors, machinalement, il leva les yeux vers le ciel et s'aperçut que le soleil était presque au-dessus de sa tête.

« Mais, suis-je bête, s'écria-t-il vivement, je n'ai même pas pensé, tant j'étais désolé, à demander au soleil quelle était l'heure approximative ! Regardez, mon oncle, regardez, le soleil est à peine à un peu plus de la moitié de sa course !

— C'est-à-dire qu'il est ? »

Au même moment, l'horloge d'une église voisine se mit à sonner au lointain :

« Ding-dong, ding-dong, dong ! dong ! »

Et Riquet se tourna vers son oncle :

« Voilà la réponse ! fit-il triomphalement, il est deux heures ! »

Et courant aussitôt à son appareil, pour se mettre en devoir de le réparer, il ajouta, tout en enlevant son veston :

« Ah ! je vous jure, cette fois, que nous arriverons coûte que coûte, et, ce qui est plus fort, nous arriverons peut-être même en avance. »

Notre petit ami ne croyait pas si bien dire.

L'avarie du moteur n'était pas, en effet, aussi grave qu'il l'avait cru tout d'abord, et, au lieu des deux ou trois heures de travail qu'il redoutait, il eut tout simplement vingt petites minutes de labeur.

Aussi, est-ce en plein jour que l'aéroplane put reprendre son vol, et est-ce à peine aux premières minutes du crépuscule qu'ils aperçurent tout à coup, au lointain, dans l'incendie d'un beau coucher de soleil, les tours et les clochers de Lisbonne.

« Lisbonne !... Voilà Lisbonne ! s'écria Riquet, du plus loin qu'il vit la grand'ville.

— Vraiment ? répondit Foulayac. Vraiment, tu crois que c'est là Lisbonne ?

— A moins que ce ne soit Albi ! fit Riquet plaisantant.

— Non, répondit Foulayac, je ne reconnais pas notre cathédrale ! »

Et le petit pilote ne put s'empêcher de rire, en voyant que son oncle, tant il était troublé, répondait sérieusement à sa plaisanterie.

Cependant, à mesure qu'ils devisaient ainsi, la ville se précisait de plus en plus. On distinguait maintenant la forme et la dimension de ses monuments, les arbres de ses jardins, le dessin de ses quais !

Lisbonne ! C'était Lisbonne !...

Riquet et Foulayac étaient tellement émus qu'ils ne trouvaient plus rien à se dire, et ce fut presque machinalement que le petit mécanicien, aux portes de la ville, effectua la manœuvre nécessaire pour atterrir !... Et tandis qu'une foule compacte, prévenue de leur arrivée par des dépêches venues des villes qu'ils traversaient, accourait de toutes parts et les entourait, nos deux voyageurs se regardaient bouches bées, stupéfaits, comme s'ils ne se fussent pas rendu compte qu'ils étaient enfin au terme de leur voyage !

Car ils étaient arrivés au jour dit, à l'heure voulue, malgré tous les dangers qu'ils avaient courus, malgré toutes les aventures dont ils avaient été les héros, malgré surtout les innombrables obstacles que l'odieux Chaffourin avait semés sur leur route !

Mais tandis qu'ils avaient les plus grandes peines à revenir de leur émotion — émotion bien naturelle, il faut l'avouer ! — et ne trouvaient rien à répondre aux curieux qui les pressaient de questions, un monsieur et une charmante fillette fendirent les rangs de la foule et s'approchèrent de Foulayac et de Riquet.

C'étaient M. Castillo et sa fille, la jolie petite Estrella, qui attendaient, eux aussi, et depuis plus d'une heure, pour être des premiers à saluer leurs deux amis, au moment où ils mettraient pied à terre.

Estrella, en s'approchant des deux voyageurs, avait son plus gracieux sourire sur les lèvres, et, offrant un beau bouquet de fleurs qu'elle tenait à la main :

« Je veux être la première à vous souhaiter la bienvenue, dit-elle gentiment à Riquet. En souvenir de celles que vous m'avez données à Albi, il y a trois mois, permettez-moi de vous offrir, pour votre arrivée au Portugal, ces quelques roses de France. »

Riquet fut si troublé qu'il fondit en larmes, et, ne sachant plus ce qu'il faisait, sauta au cou de la fillette, qui se mit à rire de bon cœur.

Quant à M. Castillo, un peu pâle, il s'avança, la main tendue, vers Foulayac, et, oubliant cette fois de prendre son accent portugais, et retrouvant, comme par miracle, un accent méridional d'autrefois :

« Eh bien, mon vieux Prosper, lui dit-il, tu ne me reconnais donc pas ?... »

Foulayac était si ému qu'il ne put articuler un seul mot.

M. Castillo insista de nouveau.

« Voyons, lui dit-il, cherche bien !... Si ma physionomie ne te dit plus rien, car, il n'y a pas à dire, on change un peu en trente années, ne reconnais-tu pas mon accent, ma voix, ma façon de t'appeler « mon vieux Prosper » ?

Cette fois, comme en un éclair, Foulayac comprit tout !...

« Tu es Pigassol ! s'écria-t-il. Tu es Pigassol !

— En personne ! » répondit, en s'efforçant de rire, celui qui, quelques minutes plus tôt, était encore M. Castillo aux yeux de Foulayac et de Riquet.

Puis, faisant signe à une voiture qui stationnait de s'approcher :

« Ne vous occupez pas de l'aéroplane, dit-il à ses deux amis. J'ai donné des ordres pour qu'on le mette en lieu sûr. Et fuyons la curiosité indiscrète de la foule. »

Nos deux compatriotes ne se firent pas répéter les choses deux fois. Quelques minutes plus tard, tous les quatre — qui, pendant tout le trajet en voiture, n'avaient pas trouvé un mot à se dire, tellement leur émotion était poignante, — arrivèrent à la maison qu'habitait le banquier.

Là, M. Castillo et Foulayac purent enfin donner libre cours à leurs sentiments, et comme deux grands amis qu'ils étaient et qui ne s'étaient pas vus depuis trente ans, ils tombèrent dans les bras l'un de l'autre.

Cependant, M. Castillo, qui avait les nerfs plus solides que son ami Foulayac, ne tarda pas à dominer son émotion, et ce fut d'une voix qui tremblait tout de même encore un peu, qu'il prononça ces paroles :

LES DEUX AMIS S'EMBRASSÈRENT

« Lorsque nous nous sommes quittés, il y a trente ans, mon cher Foulayac, nous nous étions promis, au bout de ces trente ans, de partager nos fortunes. Je vais donc te donner la moitié de la mienne, moitié qui se monte, tu le sais par mon testament, à deux millions. »

Foulayac bondit :

« Comment ! s'écria-t-il, comment ! tu vas, me dis-tu, me donner la moitié de ta fortune ?

— Evidemment, puisque je ne t'ai fait venir ici que pour cela !

— Je ne l'entends pas ainsi !

— Pourquoi ?

— Mais parce que... parce que... tu es vivant !... J'aurais compris que tu me léguasses la moitié de ta fortune, si tu avais été mort. Mais, du moment que tu es vivant, et bien vivant...

— Je n'ai, répondit Pigassol, qu'à me conformer à nos conventions. Or, les conventions, que nous avons autrefois passées ensemble, sont que, morts ou vivants, nous nous léguerions, au bout de trente années, la moitié de nos fortunes respectives... Donc, ne t'agite pas et ne proteste pas. Je te donnerai la moitié de la mienne, et je prendrai la moitié de la tienne. »

Le gros épicier albigeois voulut insister, mais son ami Pigassol, qui avait autre chose à lui dire, lui intima affectueusement, mais péremptoirement, l'ordre de se taire.

« Et maintenant, lui dit-il, que je t'apprenne pourquoi mon testament, et pourquoi cette obligation, un peu excentrique, je l'avoue, à laquelle je t'ai soumis, de venir jusqu'ici chercher en aéroplane la moitié de ma fortune... Eh bien ! voici pourquoi, mon bon ami. Comprends-moi bien, et tu verras que je ne suis peut-être pas aussi fou que j'en ai l'air.

— Je n'ai jamais pensé cela ! fit vivement Foulayac.

— Que tu l'aies pensé ou non, peu importe à cette heure, reprit vivement Pigassol, car si j'ai fait ce que j'ai fait, c'est que — pardonne-moi — je voulais te donner une petite leçon.

— Une leçon ?

— Oui, mon bon Foulayac ! Si j'ai réussi dans la vie, et si j'ai fait une fortune de quatre millions, c'est que, vois-tu, j'ai eu de l'énergie, de l'audace, du courage. Je n'ai pas attendu, comme toi, que la fortune me tombât un jour dans le bec, comme une alouette rôtie ! Non, je suis allé audevant d'elle et je l'ai poursuivie aux quatre coins du monde, et cela jusqu'au jour où je l'ai enfin saisie au vol.

— Ah ! je comprends, s'écria Foulayac, je comprends ! Tu as voulu, avant de me donner la moitié de la fortune que tu m'avais promise, que je fasse preuve, moi aussi, des mêmes qualités que toi.

— Parfaitement.

— Et que, cette fortune, je la conquière, moi aussi... *au vol?...*

— Tu l'as dit !...

— Eh bien, je te remercie, mon cher Pigassol, car je sens, en effet, que, grâce à toi, je ne suis plus déjà le même homme. »

Et montrant Riquet :

« Mais celui à qui revient tout l'honneur de notre voyage, ajouta-t-il, c'est mon neveu qui a su prouver, au cours de toutes les aventures qui nous sont arrivées, que l'on se tire toujours de toutes les difficultés que l'on rencontre, lorsqu'on a de l'intelligence, de la volonté et, en même temps que de la modestie, de la confiance en soi.

— Oh ! je connaissais déjà ton petit bonhomme de neveu ! répondit Pigassol, en tendant la main à Riquet. J'ai déjà eu moi-même l'occasion de le juger à l'œuvre... C'est un gaillard qui fera son chemin. »

Et, ce disant, il tapota paternellement la joue de Riquet, qui était tout rouge de confusion, et bien heureux aussi d'être complimenté ainsi devant sa petite amie Estrella.

Mais ces épanchements auraient pu durer longtemps encore, si Pigassol n'avait jugé utile de les terminer en s'écriant gaiement :

« Et maintenant, allons fêter tous les quatre, par un bon souper, le magnifique raid que vous venez d'accomplir en aéroplane ! »

Et indiquant le chemin de la salle à manger à son ami Foulayac :

« Hein ? qui nous aurait dit, il y a trente ans, que nous serions tous les deux un jour des millionnaires ?...

— Oui, qui nous l'aurait dit ? » fit Foulayac, en se rengorgeant.

Et Riquet ne put s'empêcher de sourire, en voyant que son oncle s'habituait si vite et si naturellement à sa nouvelle situation de fortune.

ÉPILOGUE

On devine ce que fut le retour à Albi de nos deux amis Riquet et Foulayac.

Ce fut un véritable triomphe, une véritable apothéose.

Toute la ville, les autorités en tête, se porta, ce jour-là, à la gare pour les saluer au saut du train.

Une seule personne, on peut le dire, manqua à la fête. Ce fut Chaffourin, qui, après l'échec de toutes ses combinaisons machiavéliques pour arrêter dans leur voyage Foulayac et Riquet, était rentré à Albi « plus honteux qu'un renard qu'une poule aurait pris ».

Le bruit de la façon dont s'était conduit le vilain bonhomme ne tarda d'ailleurs pas à se répandre dans la ville, si bien que, l'Epicerie Moderne périclitant de jour en jour, il fut, un beau matin, obligé de fermer sa boutique pour ne pas se ruiner complètement dans son commerce. Et ce fut, de l'avis de tout le monde, un châtiment très justement mérité.

Mais, en même temps que l'*Epicerie Moderne*, disparut aussi l'*Epicerie du Pain de sucre*, car la nouvelle qualité de millionnaire de M. Foulayac ne lui permettait plus de vendre en tablier blanc des olives, de la cannelle et des clous de girofle !

Le gros Foulayac n'a, du reste, pas trop regretté son épicerie, car, grâce à la fortune que lui a donnée son ami, il a pu acheter, à moitié route d'Albi et de Toulouse et non loin d'un petit château qui appartient à Pigassol, une jolie maison de campagne, où il habite maintenant et passe des après-midi entières à taquiner l'ablette et le goujon, en fumant de bonnes pipes.

Quant à Riquet, qui vient l'y voir avec empressement chaque fois qu'il a une journée de congé, il est maintenant l'un des plus brillants élèves du lycée de Toulouse, où il se prépare à l'Ecole Centrale. Et tout fait supposer que, quand il en sortira ingénieur, il appliquera son esprit et son talent à faire quelqu'une de ces découvertes qui sont la gloire de la science française.

TABLE DES MATIÈRES

Imprimerie du Palais, 20, rue Geoffroy-l'Asnier, Paris.

Œuvres illustrées de Jules Verne

SÉRIE A

Chaque volume in-8° illustré

broché .... **10 fr.**
cartonné .... **15 fr.**

L'Archipel en feu.
Autour de la Lune.
Aventures de trois Russes et de 3 Anglais.
Un billet de loterie.
Le Chancellor.
La Chasse au Météore.
Le Château des Carpathes.
Les cinq cent millions de la Bégum.
Cinq semaines en ballon.
De la Terre à la Lune.
Un drame en Livonie.
Le Docteur Ox.
L'Ecole des Robinsons.
L'Etoile du Sud
Face au Drapeau.
Hier et Demain, Contes et Nouvelles.
Robur-le-Conquérant.
Le Secret de Wilhem Storitz.
Le Tour du Monde en 80 jours.
Une Ville flottante.
Voyage au centre de la Terre.

SÉRIE B

Chaque volume in-8° illustré

broché .... **20 fr.**
cartonné .... **28 fr.**

L'Agence Thompson and C°.
Aventures du capitaine Hatteras.
Aventures de trois Russes. — Une Ville flottante.
Bourses de voyage.
Un Capitaine de quinze ans.
Cinq semaines en ballon. — Voyage au centre de la Terre.
L'Etoile du Sud. — L'Archipel en feu.
L'Etrange Aventure de la Mission Barsac.
La Jangada.
La Maison à vapeur.
Michel Strogoff.
Mistress Branican.
Les Naufragés du « Jonathan ».
Robur-le-Conquérant. — Un billet de Loterie.
Seconde Patrie.
Le Secret de Wilhelm Storitz. — Hier et Demain. — Contes et Nouvelles.
Le Testament d'un Excentrique.
Le Tour du Monde en 80 jours. — Le Docteur Ox.
Vingt mille lieues sous les mers.

SÉRIE C

Chaque volume in-8° illustré

broché .... **25 fr.**
cartonné .... **33 fr.**

Les Enfants du Capitaine Grant.
L'Ile mystérieuse.
Mathias Sandorf.

Les mêmes volumes dans la Collection in-16 illustrée,
Brochés : 7 francs :: :: Reliés : 10 francs

BIBLIOTHÈQUE DE LA JEUNESSE

VOLUMES DÉJA PARUS :

ASSOLLANT	*Montluc-le-Rouge.*
BEUDANT (M.)	*La Maison Blanche.*
BOMBONNEL	*Le tueur de panthères.*
BORIUS	*La petite Cosaque.*
CHABRIER-RIEDER	*Fils de veuve.*
CHARLIEU (H. DE)	*Le loup noir.*
CHÉRON DE LA BRUYÈRE	*Nora.*
CIM (ALBERT)	*Les deux Cousins.*
COLOMB (Mme)	*La fille de Carilès.*
DOURLIAC (H.-A.)	*La dernière des Villemarais.*
D'URGEL	*Le Caillou rouge.*
FLEURIOT (Z.)	*La petite duchesse.*
FLEURIOT (Z.)	*Grandcœur.*
GÉNIAUX (CH.)	*Un Corsaire de 15 ans.*
GIRARDIN	*Le Capitaine Bassinoire.*
JACQUIN ET FABRE	*Les petits naufragés du "Titanic".*
JACQUIN ET FABRE	*Le Chien de Serloc Kolmès.*
JEANROY (B.-A.)	*La petite Jeanne d'Arc.*
JEANROY (TH.)	*L'enfant des Fées.*
MAËL (PIERRE)	*Le forban noir.*
MALOT (HECTOR)	*Romain Kalbris.*
MOUTON (E.)	*Vie et aventures de Marius Cougourdan.*
NANTEUIL (Mme DE)	*Capitaine.*
SEVESTRE	*La Main rouge.*
TOUDOUZE (GEORGES-G.)	*Fille de proscrit.*

Chaque volume illustré broché, couverture en couleurs

2 fr. 50

IMP. CUSSAC, PARIS.

www.ingramcontent.com/pod-product-compliance
Ingram Content Group UK Ltd.
Pitfield, Milton Keynes, MK11 3LW, UK
UKHW021553260726
13993UKWH00002B/815

9 782329 206639